Die beste aller Welten

Die Autorin bedankt sich für erhaltene Werkbeiträge
bei folgenden Schweizer Stiftungen:
Literaturkreditkommission der beiden Basler Kantone,
Pro Helvetia und UBS-Kulturstiftung.

Für meine Söhne
Janík und Kai

Etwaige Ähnlichkeiten mit lebenden Personen und Ereignissen sind rein zufällig.

Ich hänge an der Teppichklopfstange mit dem Kopf nach unten, lasse die Arme baumeln, springe ab und verbeuge mich. In unserem Hof, wo ich Artistin bin, klopfen Mutter und Großmutter Orientteppiche aus und wenden ihre Gesichter vom aufwirbelnden Staub unseres Lebens ab. Ich stelle mich vor klatschende Hofkinder und Nachbarn. Ein Zuschauer nähert sich mir und seufzt: Oh, glückliche Kindheit, später gibt es dieses Paradies nicht mehr. Ich glaube dem dummen Mann nicht, renne weg und trage Hennen nacheinander in den ersten Stock unseres Hauses. Sie sträuben sich, den Hinterhof zu verlassen, doch ich halte sie fest und lasse sie über den Köpfen des Publikums fallen. Sie gackern erschrocken und fliegen. Großmutter verbietet mir die Dressurnummer. Seit unsere Hennen fliegen, haben sie verlernt, uns Eier zu schenken, sagt sie. Sie will lieber Eier als freie Flüge. Die Hennen aber haben Flügel, darunter ist ihr Drang zum Fliegen versteckt.

Großmutter findet das Fliegen unnütz und sie mag nichts Unnützes. Hähne sind unnütz, erklärt sie, sitzt vor der Waschküche, legt einen unnützen Hahn auf eine karierte Decke im Schoß, schneidet ihm den Hals ab und sagt: Du Umsonstfresser. Panierte Hahnschenkel mit Kartoffelbrei schmecken gut, aber bei jeder Brut bitte ich Großmutter, wenigstens einem Hahn das Erwachsenwerden zu gestatten, damit er unseren dicken, roten Hennen Freude an seinen spitzen, bunten Federn im Hahnschwanz bereiten kann. Manchmal bringt der Bauer einen Hahn. Die Hennen wetteifern um seine Gunst. Er besteigt sie, hackt auf ihnen herum, und bald werden sie träge und setzen sich auf ihre Eier. Wenn die Küken herausschlüpfen, ist der Hahn längst weg und kann seine Söhne vor Großmutters Messer nicht beschützen, aber sowieso ist der Beschützer mit bunten Federn gar kein Beschützer, sondern ein Aufschneider.

Großmutter mag auch Spatzen nicht, das seien ebenfalls Umsonstfresser. Sie liebt Meisen, die sängen schön. Sie füttert sie am Fenster mit Brotkrümeln, spricht zu ihnen mit geschürzten Lippen. Die Spatzen, die mitessen wollen, verjagt sie mit ihren dürren Armen. Spatzen singen auch, sage ich. Sie meint: Spatzen tschwirieken, das ist kein Gesang.

Wenn Vater am Wochenende nach Hause kommt, schießt er auf Spatzen. Vater darf bei uns nicht wohnen. Er ist ein bürgerliches Element. Früher, als unser Leben noch nicht glücklich war, half er den Reichen noch reicher zu werden und beutete Proletarier aus. Er war Anwalt mit einem eigenen Büro, einem weißen Hemd und einer Krawatte. Jetzt muss er zusammen mit Proletariern Brücken bauen, in einer grauen Arbeitskleidung. Bleibt ein bürgerliches Element lange mit Proletariern zusammen, gleicht er ihnen, wie unsere Hennen sich gleichen, und wird ein bewusster Mensch. Und je mehr bewusste Menschen unser Land bekommt, umso glücklicher wird es. Vater baut seit Jahren Brücken zusammen mit bewussten Proletariern, aber er hat immer noch dasselbe verbissene Gesicht.

Kameradin Lehrerin fordert uns auf, ihr zu melden, wenn jemand in der Familie nicht bewusst ist. Wir schweigen, bloß ein Mädchen streckt die Hand auf: Kameradin Lehrerin, meine Schwester will nicht Proletarierin werden, sondern Friseuse. Als ich Großmutter anvertraue, dass ich Proletarierin werden möchte, schlägt sie die Hände über dem Kopf zusammen und erzählt es Vater. Sie ist seine Mutter und sagt ihm, was er zu tun hat. Am Sonntagnachmittag nach dem Hahnschmaus zielt er aus dem Fenster auf die Spatzen, die auf dem Apfelbaum tschwirieken. Vater trifft jeden Sonntag einen Spatzen. Auch ich darf die Flinte halten und abdrücken. Aber meine Schüsse haben kein Ziel, sie verlieren sich im Himmel.

Im Hof habe ich einen Spatzenfriedhof angelegt und lege die Toten auf Blumen gebettet ins Grab. Die Blumen pflücke ich im Garten, wenn Großmutter es nicht sieht. Sie liebt ihre Blumen und damit sie es weich haben, gräbt sie Steine aus. Ständig drücken sich aus dem Erdinnern neue Steine durch und die schönsten nehme ich als Grabsteine. Die gefiederten Leichen bespritze ich mit Wasser und taufe sie im Namen Jesu Christi auf den Namen Majka oder Karolko. Ein Begräbnis muss feierlich sein, doch Großmutter schimpft: Jesus ist für uns und nicht für die Spatzen am Kreuz gestorben. Lasse ich mal aus Versehen ein Glas fallen, rufe ich: Jesus Maria! Großmutter findet es nicht richtig, Jesus und Mutter Maria wegen Lappalien anzurufen. Sie hätten genug zu tun, es gebe Unglück ringsum. Dabei gibt es in unserem Land kein Unglück und keinen Jesus Christus. Aber es lohnt sich nicht, in meiner rückständigen Familie revolutionäre Gedanken zu verbreiten. Beim Sonntagsmittagessen berichte ich, dass Kamerad Präsident sich für uns aufopfert. Vater wird rot, Großmutter schöpft Hahnsuppe nach und sagt, beim Essen spreche man nicht.

Unseren Kameraden Präsidenten sehe ich öfter als meinen Vater, sein Foto hängt über der Tafel im Klassenzimmer. Er sieht langweilig aus, aber er ist für uns da. Vater ist eifersüchtig auf ihn. Kamerad Präsident ist schon als Proletarier auf die Welt gekommen und muss nicht erst einer werden. Wenn Feiertag ist, tragen wir sein Porträt aus Dankbarkeit, dass er uns das ganze Jahr hindurch trägt. Er schaut uns in jedem Büro von der Wand an. Früher hing dort Jesus Christus, sagt Großmutter. Das Aufheben um Jesus Christus ist mir peinlich. In den Kirchen und an den Waldwegen hängt er an Holz- und Steinkreuzen, fast nackt und ausgemergelt, lässt sich vor allen Leuten hängen, wehrt sich nicht, schließt die Augen im gequälten Gesicht, und von seinen Händen und Füßen fließt Blut. Und niemand wischt es ab. Alte Frauen falten die Hände, als wollten sie sich nicht schmutzig machen. Man muss sich zusammenreißen, sich nicht aufhängen und hängen lassen!

In der Schule hören wir von einer jungen Partisanin, die sich vor dem Hinrichtungskommando die Augenbinde abgerissen hat. Im Hof spielen wir Hinrichtung. Ich werde zum Tode verurteilt, die Hofkinder verbinden mir die Augen und drohen: Du elende Partisanin, deine letzte Stunde hat geschlagen. Ich nehme mir das karierte Taschentuch von den Augen und lache, während sie piff, paff, rufen. Langsam falle ich auf die Knie und lege mich auf den Boden. Es ist schön liegen zu bleiben und tot zu sein, wenn man sich für die anderen geopfert hat. Schade, der Krieg ist vorbei, auch die Große Revolution ist vorbei, und unsere Proletarier sind schon frei. Alles Wichtige ist getan, wir müssen nur noch glücklich sein, und das ist furchtbar schwierig.

Meinen Puppen und dem braunen Plüschbär erzähle ich von Danko. Er reißt sich das Herz heraus, hält es über dem Kopf und geht voran. Das Herz strahlt, Dankos Volk folgt ihm und findet den Ausweg aus dem finsteren Wald der Unterdrückung, wo es lange gelebt hat. Danko stirbt, doch die Aufgabe ist getan. Ich lehre die Puppen und den Teddybär solidarisch zu sein. Großmutter teilt ihr Brot nur mit Meisen, sie hat nur Meisen im Kopf. Wenn sie mir für die große Pause Brote mit Butter streicht, ermahnt sie mich: Butter ist wertvoll, du hast es gut und gib ja niemandem deine Butterbrote. Die Solidarität ist eine Pflicht des fortschrittlichen neuen Menschen, lernen wir in der Schule. Ich habe herausgefunden, dass es leicht ist, weiches Butterbrot zu brechen und die Hälfte einem Mädchen zu schenken, das gierig hineinbeißt und mich gern hat.

Als Mutter eines Sommerabends nicht nach Hause kommt und am nächsten Morgen immer noch nicht da ist, frage ich Großmutter: Wo ist Mama? Sie knetet den Teig und schweigt. Ich zupfe sie am gepunkteten schwarzen Hauskleid: Wo ist sie, wann kommt sie nach Hause? Frag nicht, murmelt Großmutter und knetet weiter. Doch ich zupfe und zupfe, und da verjagt sie mich fuchtelnd, wie einen umsonstfressenden Spatz: Du fragst nie mehr nach deiner Mama, verstanden? Seitdem habe ich aufgehört, laut zu fragen. Ich denke lieber nach. Mit wem soll ich schon reden? Vater trauert seinem verflossenen Büro nach, in dem er Ausbeuter war, und meinen älteren Bruder muss ich anschreien. Wie ein Spatz nimmt er mir alles weg, aber abschießen darf ich ihn nicht. Wenn er auf dem Klavier klimpert, flüstert Großmutter: Dein Bruder wird ein großer Pianist werden. Dabei will er Millionär werden und unserem Land gar nicht helfen. Mit seinen dicken Fingern kann er sowieso nur abgewetzte Banknoten zählen. Womöglich ist er nicht mein Bruder, sondern wurde adoptiert, oder ich wurde adoptiert. Ich durchsuche Schublade um Schublade nach einem Dokument, in dem es schwarz auf weiß steht, dass ich aus einer Proletarier- und Partisanenfamilie stamme, die im Krieg erschossen wurde. Mama hat einmal gesagt, ich würde nicht immer in unserer Familie leben, ich würde einen ausländischen Diplomaten heiraten und im Ausland ein großes Haus mit teuren Möbeln und zwei Kinder haben. Ich will aber keinen Feind und kein bürgerliches Element zum Mann haben und Kinder wie meinen Bruder gebären. Ich will zusammen mit guten Partisanen und einer Menge Wolfshunden in unserem Wald kämpfen.

Wo ist Mama? Wäre sie tot, hätte man sie im Namen Jesu Christi in die Erde versenkt, und ich wäre dabei gewesen, in einem schwarzen Kleid, mit einem schwarzen Hut und mit einer schwarzen Rose auf der Krempe. In einem ausländischen Film gibt es eine solche Witwe, der viele Männer, die in sie verliebt sind, ihr Beileid ausdrücken. Wenn ich Partisanenwitwe sein werde, will ich mich so anziehen. Wäre Mama tot, würde sie ein Grab haben, an dem ich Blumen niederlegen und weinen könnte. Doch ich darf keine schwarze Rose tragen und weiß nicht einmal, ob schwarze Rosen bei uns wachsen, und niemand, der in mich verliebt ist, drückt mir sein Beileid aus. Alle tun so, als habe es Mama nie gegeben. Niemand spricht ihren Namen aus, niemand erzählt Geschichten aus der Zeit, als sie noch da war, wie man es mit den Toten tut, von denen man gut spricht, damit sie uns in der Nacht nicht heimsuchen. Niemand lässt Mama grüßen und niemand fragt, wie es ihr geht. Sie ist toter als die Toten. Wenn ich im Hof hinfalle und Mama rufen will, bleibt mir das M im Hals stecken und das A schlucke ich mit Tränen hinunter. Da kommen mir verrückte Zweifel, ob ich jemals eine Mutter gehabt, ob ich sie mir nicht ausgedacht habe. Man wirft mir vor, dass ich fantasiere, in den Wolken schwebe. Schädlich ist das, sagen sie und schauen mich ernst an.

Sicher hat Mama unsere Heimat nicht verlassen, um einen ausländischen Diplomaten zu heiraten. Die Grenzen werden von unseren Zöllnern gut bewacht, damit uns Feinde nicht überfallen. Es gibt viele Feinde, die nur darauf warten, unser schönes Leben zu zertrampeln. Wir lassen uns nicht zertrampeln, sagt Kameradin Lehrerin, und die ganze Klasse steht auf, stampft und ruft: Wir lassen uns nicht zertrampeln! Auch ich bin stets bereit, unser Land zu verteidigen. Früher zählte die Ehre der Kleinfamilie, aber wir haben sie durch wichtigere Ehren ersetzt. In der Schule grüßen wir uns mit: Ehre der Arbeit. Früher grüßten wir uns mit einem ausländischen Gruß, der ›Ich bin dein Sklave‹ bedeutet. Wir kannten seine Bedeutung nicht, so unbewusst versklavt waren wir. Jetzt wollen wir frei sein, wie es in einem Gedicht unseres Dichters heißt: Wähle lieber nicht zu sein, als ein Sklave zu sein. Als ich aus dem Wald einen verletzten Habicht mit nach Hause nehme und er am nächsten Morgen zusammengekrümmt tot im Käfig in der Waschküche liegt, deklamiere ich an seinem frischen Grab das revolutionäre Gedicht. Ich gebe dem Habicht keinen Namen, er heißt schon Habicht, er ist einzigartig und stolz wie unsere Dichter. Jetzt liegt er neben den Spatzen vor der Waschküche.

Aber Mama soll lieber nicht stolz und tot sein, sondern lebendig, wenn auch verletzt, im Käfig liegen. Irgendwann öffnet man die Käfige. Vielleicht kommt ein Erdbeben, und sie gehen kaputt. In meiner unbewussten Familie vergesse ich, dass man Käfige von innen öffnen kann, so wie es Proletarier getan haben. In einer Ecke unseres Landes ist Mama versteckt. Sie hat mich nicht verlassen, auch meinen blöden Bruder nicht. Als ich sie bitte, ihn ins Waisenhaus zu stecken, sagt sie: Er ist mein Kind, ich liebe ihn, das nennt man Mutterliebe, so wird es dir auch ergehen, das ist das größte Glück. Jesus Maria, es gibt um mich herum so viel Glück! Wieso kann ich es nicht sehen? Ein Unhold hält Mama in seiner Höhle fest wie eine wehrlose Prinzessin. Ich sollte sie suchen gehen, es dem Märchenheld Janko gleich tun, der den Unhold tötet, aber weiter als bis zum Friedhof war ich alleine noch nicht.

Ich muss jeden Tag in die Schule gehen, damit ich später nicht mit leeren Händen da stehe, sondern mit Händen voller Bildung. Bildung kann uns niemand wegnehmen, sie ist nicht wie ein Haus, wo sich eines Tages Proletarier einnisten, sagt Großmutter, die sich ärgert, dass in unserem großen Haus, das mein verstorbener Großvater hatte bauen lassen, drei proletarische Familien angesiedelt wurden. Ich freue mich über die Kinder im Erdgeschoss. Wenn uns Kameraden Proletarier in ihrem Befreiungsdrang die Zimmer nicht weggenommen hätten, müsste ich darin mit dem Bruder spielen. Er reißt meiner Puppe den Kopf aus und schlägt mit dem Rumpf auf mich ein. Da packe ich

Großmutters Hahnmesser und werfe es ihm nach. Als es dicht über seinem Kopf im Türrahmen stecken bleibt, sieht jeder, dass er ein Feigling ist, er könnte gar nicht Partisan werden. Großmutter liebt es, wenn ich alleine spiele, dann streichelt sie meinen Scheitel. Ich stehe still, lasse die Arme hängen und spüre ihre raue Handfläche. Gerne würde ich sie zufrieden stellen, aber ich bin lieber mit Proletarierkindern im Hof und mache Großmutter unglücklich.

Mama ist Proletarierin, das heißt, sie war es gewesen, bevor sie Vater heiratete. Proletariertum ist eine komplizierte Sache, man kann es durch einen nicht proletarischen Beruf verlieren und eine Frau durch die Heirat. Mama ist eine Überläuferin, sie lässt mich mit allen Kindern spielen und findet Großmutter blöd. Großmutter ist nicht blöd, sie denkt auf die alte Art und fürchtet, Proletarierkinder seien schmutzig und hätten ansteckende Krankheiten. Würde Mama bloß bald zurückkommen! Ich habe keine neuen Kleider, Großmutter flickt das Alte, sie mag das Neue nicht. Ich schäme mich, in gestopften Strumpfhosen aus dem Haus zu gehen. Früher war ich das bestangezogene Mädchen in unserer Klasse und lebte im Überfluss. Wenn mich Mama umarmte, verschwand ich in ihrem Duft. Jetzt umarmt mich niemand, und abends kann ich keine Romane lesen, Großmutter schaltet das Licht aus. Strom ist teuer, sagt sie leise, entschuldigend, denn sie weiß, Romanelesen ist Bildung, und sie bringt mich um meine Bildung. Soll ich Jesus Christus um Hilfe bitten oder lieber unserem Präsidenten in die Hauptstadt schreiben? Jesus Christus ist selbst elend dran, und Kamerad Präsident könnte befehlen, Mama hinzurichten, er ist nämlich gerecht und streng. Ich fürchte, sie würde sich die Augenbinde vor dem Erschießungskommando nicht abreißen. Dann kommt sie nicht ins Geschichtsbuch und bleibt ein Niemand. Ich komme schon alleine zurecht. Ich begrabe meine große schöne Mama tief im Herzen wie den Habicht im Hof.

In der Pause ruft ein Junge durch den Schulhof: Deine Mutter sitzt im Knast! Ein armseliger Typ ist das, sein Vater torkelt durch die Straßen, lallt, bleibt auf dem Gehsteig liegen und schläft ein. Wie sich sein Sohn für ihn schämen muss! Und dafür rächt er sich an mir. Unser Vater ist kein Alkoholiker, er ist Sportler und Sportler trinken nur Wasser. Alle im Schulhof erstarren, hören auf herumzurennen und herumzuschreien. Ich stehe da und fühle auf einmal Glück. Jetzt weiß ich, was Glück ist. Es sitzt innen, es ist eine große Kraft. Die Zeit steht still und ich auch, und trotzdem bin ich lebendig, sogar mehr denn je, und weiß: Mama lebt. Und das Leben geht weiter, als sei nichts geschehen. Freundinnen spielen mit mir und wir essen gemeinsam meine Butterbrote.

Mama ist nicht tot, sie liegt in unserer geliebten Heimat auf der Pritsche und wird blass. In einer Gefängniszelle ist sie gut aufgehoben, dort kann sie nichts Böses tun, sich nicht mit den Feinden verbünden, ihnen keine Geheimnisse verraten, damit uns fremde, ausgebeutete Soldaten überfallen. Hätte sie unser Land verlassen, müsste ich mich vor der ganzen Schulklasse von ihr lossagen und würde keine höhere Bildung bekommen. Kinder von Verrätern dürfen nicht klug sein, ihre Klugheit ist eine Gefahr für den Staat. Verräter und ihre Brut müssen Brücken bauen und unserer

Gesellschaft nützlich sein. Sie heißen innere Feinde und dürfen ihren Nutzen fürs Gemeinwohl nicht selbst bestimmen. In ihnen sitzt der Keim des Verrats. Ich stelle mir den Keim des Verrats wie einen schwarzen Käfer vor. Auch wenn sich ein Kind von diesem Erbe lossagt, wird der Käfer weiterhin verräterisch sein wollen. Da ist nichts zu machen. Käfer kann man nicht umerziehen.

Unser Präsident und wir alle müssen wachsam sein, sagt Kamerad Rektor. Er unterrichtet das neue Schulfach Wehrerziehung und wiederholt in jeder Stunde, die Kriegsgefahr sei nicht vorbei. Er zeigt ein Plakat, auf dem unsere Feinde als streunende böse Hunde gemalt sind, mit fletschenden Zähnen. Gegen diese Hunde müssen sich Proletarier aller Länder vereinen, so steht es in roten Lettern an der Wand im Klassenzimmer. Innere Feinde dürfen keine Chefs werden, sie könnten unsere Brücken absichtlich schief bauen, damit diese einstürzen. Das nennt man Sabotage. Bei diesem Wort höre ich schon eine Brücke mit Krach einstürzen. Ich hoffe, dass Vater gut bewacht wird, damit er keine Sabotage begeht. Es wimmelt nur so von Saboteuren, sagt Kamerad Rektor. Stürzt eine Brücke ein, bringt man gleich ein paar Saboteure ins Gefängnis. Ich möchte einen Saboteur auf frischer Tat ertappen, es der Polizei melden und mit einer Medaille ausgezeichnet werden.

Mama hat nichts gestohlen und auch niemanden umgebracht. Ob es das Wort war, das sie ins Gefängnis gebracht hat? In unserem Land sind Worte gefährlich. Ich habe Angst, dass es mein Wort war. Manchmal vergesse ich ihre Warnung: Nichts, was hier gesprochen wird, darfst du in der Schule weitererzählen. Im Kopf habe ich eine Trennwand errichtet, rechts leben Familienworte und links

Schulworte. Es gibt zwei Welten und zwei Sprachen, und ich gehe täglich wie eine Doppelagentin hin und her. Werde ich übermütig oder müde, fällt ein Wort in die falsche Welt hinaus, und diese Spur könnte Mama ins Gefängnis geführt haben. Es ist nicht leicht in einem glücklichen Land zu leben. Das Glück kann jederzeit zerbrechen und jemand wird dafür bestraft.

Denk, was du willst, aber sag es nie, ist ein anderer Lieblingssatz meiner Mutter. Ich finde das Schweigen feige und schwöre, immer das zu sagen, was ich denke. Doch ich tue es nicht. Würde ich Helden treffen, die sich nicht scheuten, nicht einmal im Gefängnis, ihre Meinung zu vertreten, hätte ich jemanden zum Sprechen. Aber die Helden aus dem Geschichtsbuch sind tot, und wir, die das Licht der Zukunft entzünden sollen, sind noch zu schwach. Ich mag unsere fleißigen Vorfahren, sie hießen Drahtmänner und mit dem Draht zogen sie in die Welt, um Pfannen und lecke Töpfe zu flicken. Sie boten ihre Dienste auf den Straßen und Plätzen fremder Städte laut an und waren beliebt und gute Handwerker. Am liebsten würde ich auf unserem Platz des Großen Sieges laut meine Meinung sagen und die ganze lecke Welt mit meinem Herzen flicken.

Obwohl Mama ein Proletarierkind ist, hatte sie verräterische Pläne. Das ist ein großes Geheimnis, das sie mir und dem Bruder anvertraut hat. Bevor sie nämlich verschwand, hatte sie uns ins Wohnzimmer gerufen, hieß uns auf dem Sofa Platz nehmen und schloss die Tür. Sie räusperte und wand sich, ich fürchtete, sie sei krank geworden, und dann enthüllte sie uns ihren Plan: Bald werden wir über die Grenzen fliehen und mit einem Schiff übers Meer fahren. Was sie nachher erzählte, hörte ich nicht, ich bekam von der Überfahrt Wasser in die Ohren, hörte nur das Rauschen der Wellen und erreichte nie das feindliche Ufer. Mein Bruder blieb stumm, als stelle er sich tot. Ich sage ja, dass er ein Feigling ist. Doch auch ich saß stumm auf dem Sofa, auf dem sonst Gäste sitzen, und mir war zumute, als sei ich bei uns nur zu Besuch. Ich starrte Mama an, sah sie weit entfernt von mir, wie jemanden, den ich nicht kenne, als hätte ich eine Brille auf, mit der man nur das Meer sieht.

Ein Gedankenkarussell drehte sich in meinem Kopf. Wieso will Mama dorthin gehen, wo es Unterdrückung und Unrecht gibt? Ist sie eine Spionin? Will sie für viel Geld unsere lichte Zukunft zerstören? So viele Helden sind in den Kerkern gequält und hingerichtet worden, damit wir in einer besseren Welt leben. Und Mama will hinter dem Meer leben, wo Proletarier mit verschmierten Gesichtern für Hungerlöhne Kohle schaufeln und ausgemergelte Kinder auf schmutzigen Straßen betteln. Dicke Herren gehen an ihnen vorbei und teilen ihre Butterbrote nicht mit ihnen, sondern spucken gelbe Spucke von dicken Zigarren aus. Doch was kann ich schon tun, wenn ich meiner duftenden Mama im abgeschlossenen Wohnzimmer auf dem besten Möbelstück gegenüber sitze und sie spricht das schreckliche Wort emigrieren aus? Unser Staat schenkt uns Schulbücher und Schulhelfte, damit wir später unser Bestes zum Wohl der Proletarier geben und nicht zum Wohl spuckender Herren im Feindesland, wo Schulhefte und Schulbücher viel Geld kosten und die Schulklassen halb leer sind. Das erzählt Kamerad Rektor, der noch nie in einem feindlichen Klassenzimmer war. Doch um zu wissen, dass der Schnee weiß ist, braucht man nicht bis zum Winter zu warten, sagt er. Man darf nie fliehen, vor keiner Gefahr, vor keiner Aufgabe, wie schwer sie auch sein mag, und nie die Heimat verraten, verkündeten unsere Helden und hielten sich daran. Ich will auf keinen Fall emigrieren, aber nicht, weil es verboten und unsolidarisch ist. Stelle ich mir nämlich vor, dass wir weggehen, sehe ich die Hofkinder vor dem Tor versammelt, um mich zu verabschieden und Mutter ruft nervös: Komm schon. Ich drehe mich zum letzten Mal nach unserem Haus um und kann keinen Schritt tun. Es ist wie in den Albträumen, wenn ich vor einem bösen Mann nicht wegrennen kann, die Beine sind schwer, als wären sie mit dem Asphalt verwachsen. So bin ich froh, dass Mamas Fluchtversuch gescheitert ist. Ich will für immer in unserem Hinterhof bleiben und fortschrittlich sein.

Ich saß also an jenem Tag auf dem Sofa im Wohnzimmer wie ein Feigling, schließlich bin ich die Schwester meines Bruders und trage vom Vater einen bürgerlichen Käfer in mir und so schaffte ich es nur, leise zu fragen: Darf ich Teddy mitnehmen? Da umarmte mich Mutter erfreut: Aber natürlich kannst du ihn mitnehmen. Teddy kann nicht gut rechnen, deshalb muss ich ihn schlagen, wovon er traurige Augen bekommt. Das tut mir weh, ich küsse ihn dann ab und bitte ihn um Verzeihung. Ohne ihn will ich schon gar nicht emigrieren. Dann sagte Mutter streng: Ihr dürft es niemandem erzählen, sonst geschieht ein Unglück. Sie schaute uns misstrauisch an, als hätten wir das Geheimnis schon ausgeplaudert. Nun, das Unglück kam, obwohl ich dicht gehalten hatte. Aber das Unglück ist halb so groß. Ist es nicht besser, in einer dunklen Zelle bei uns zu sitzen, als hinter dem Meer alleine und frei zu sein?

Man soll täglich fortschrittlicher werden, wie unsere Heimat, die mehr und mehr Fabrikschlote bekommt. So können wir uns selbst versorgen und auch armen Ländern helfen, Fabrikschlote zu bauen. Wenn Kameradin Lehrerin Papier und Farbstifte verteilt, malen wir rote Fabrikschlote, aus denen ein stolzer, schwarzer Rauch steigt. Wird der Himmel über unserer Heimat schwarz und verdeckt er die Sonne, heißt es, dass es uns gut geht und die Industrialisierung vorwärts schreitet und wir keine Sonne brauchen. Wenn ich aus dem Hinterhof die Fabrikschlote sehe, weiß ich, dass ich gut versorgt bin. Kameraden Fabrikproletarier kümmern sich um mich, sie kennen meine Bedürfnisse. Wir haben genug Strom, wir haben viele Flüsse, wir haben Fluten besiegt und Wasserkraftwerke hinter jedem Dorf gebaut. Unsere Flüsse sind gestaut und schmutzig von all den Fabriken, aber nur rückständige Länder haben saubere Flüsse.

Großmutter sagt, es sei der Schutzengel, der meine Bedürfnisse kenne. Mutter sagt wiederum, das heißt, sagte, als sie noch da war, Großmutter erzähle Blödsinn. Doch ich höre Großmutter gerne zu, wenn sie von den Engeln erzählt. Ihre Stimme wird weich wie Teddys Fell, und ich weiß, dass Großmutter gut ist. Ich sitze neben ihr in der Küche auf meinem Hocker. Die Dämmerung bricht herein, wir machen das Licht nicht an, wir sparen Strom, und ich höre Engel durch die Küche fliegen, obwohl ich nicht an Engel glaube. Vor dem Fenster huschen Fledermäuse in großen Kreisen, und überall ist Frieden. Nicht weil die Feinde uns nicht anzugreifen wagen, es ist ein Frieden, der nichts braucht, außer dazusitzen und den Geräuschen zuzuhören.

Ich glaube nicht an Gott. Die Gottesidee ist eine fiese Erfindung dicker Herren, damit hungernde Proletarier sich vor Gott fürchten und sich nicht befreien und nie dicker werden, sagt Kameradin Lehrerin. Die Gottesidee ist eine Vogelscheuche, die den Menschen Angst machen soll, um sie von der Ernte fernzuhalten. Angst ist rückständig. Lachen sollen wir über alle Vogelscheuchen und uns gemeinsam über die Ernte hermachen. Sie gehört uns, wir sollen sie gerecht unter uns aufteilen. Man soll nicht an Gott, sondern an sich selbst glauben. Es ist schwierig, an sich selbst zu glauben. Gott sei Dank haben wir statt Gott Kameraden Proletarier, die uns beistehen. Ohne Gott und ohne Proletarier wären wir mutterseelenallein und wüssten nicht, was tun. Wir hätten dann nur noch huschende Fledermäuse vor dem Küchenfenster.

Meine Familie will, dass ich schwach bleibe, Schwachsein ist nämlich ungefährlich. Ich zwinge mich aber, mit geschlossenen Augen von der Brücke in den Fluss zu springen, und wenn jemand zu Besuch kommt und mich fragt, welchen Beruf ich ergreifen möchte, antworte ich, dass ich Heldin werden will. In einer Jugendzeitschrift finde ich den Satz: Unser Land braucht starke Menschen. Ich schreibe ihn mit großen Lettern in mein Tagebuch. Und morgens gebe ich mir ein Plansoll und abends rapportiere ich mir selbst, wie ich mein Plansoll übers Ziel hinaus erfüllt habe. Am Sonntagvormittag schaue ich im Kino zusammen mit dem Großvater die Wochenschau. Er ist der Vater meiner Mutter und sagt, die Politik sei das halbe Leben. In diesem halben Leben sieht man Kameraden Proletarier, wie sie, weitsichtiger als ich, ihr Fünfjahresplansoll weit übertreffen. Sie schmelzen Metall in großen Öfen, werfen Kohle hinein und im Lichtsschein der Glut lachen sie. Im Kinosaal spielt man feierliche Musik und ich bekomme erhabene Gefühle wie bei Demonstrationen, wenn wir meine Lieblingslieder singen – die Hymne und das Proletarierlied. Wenn ich zusammen mit den Marschierenden singe, verlacht mich niemand. Zu Hause stopfen sich alle die Ohren zu.

Großmutter schimpft, ich hätte einen großen Mund, und nennt mich Frosch. Sie sagt, es gehört sich nicht für ein Mädchen, einen Froschmund zu haben, ein Mädchen soll den Mund spitzen und halten. Großmutter zeigt mir, wie ein Mädchenmund aussieht. Sie rollt ihre Lippen zu einer Bohne zusammen. Vater nennt mich Kaulquappe und sagt, ich sei aus einem trüb-grünen Teich und nicht vom blauen Himmel zu ihnen gekommen. Zu allem, was ich sage, lachen sie: Schon wieder lügst du. Ich sehe Dinge, die sie nicht sehen, ich sehe Tiger und Löwen auf unserem Hauptplatz, die mich friedlich anschauen, ich sehe die Wüste hinter unserem Haus, wenn ich lange aus dem Fenster starre, und ein weißer Lichtball rollt neben mir her bis zum Schultor. All das sieht meine Familie nie. Auch Kameraden Proletarier sehen es nicht. Seit Mama verschwunden ist, kommt nachts ein blauer, durchsichtiger Knabe zu mir ans Bett und schaut mich traurig an. Er will mir etwas berichten und kann es nicht sagen. Ich glaube, er ist tot. Einmal folge ich ihm, will durchs Fenster hinausklettern, aber der Bruder hält mich zurück. Seitdem sagt Großmutter, ich sei mondsüchtig, und schließt nachts das Fenster. Ich bin nicht mondsüchtig, ich schaue nicht den Mond an, ich schaue bloß den blauen Knaben an, er zieht mich fort und ich will nie mehr zurückkommen.

Grossmutter findet das Zähneputzen schädlich. Äpfel reinigen die Zähne natürlicher als künstliche Bürsten, flüstert sie, damit Mutter es nicht hört. Seit Mama im Gefängnis ist, putze ich die Zähne mit Äpfeln von unserem Baum. Vater bespritzt sie mit Gift aus einer großen Plastikkanne. Obstgift ist eine Erfindung wie Penicillin, das ich schlucken muss, wenn ich Halsweh bekomme. Früher, als Proletarier unterdrückt waren, gab es Äpfel mit fetten Würmern drin und überall grassierte Tuberkulose. Gift ist fortschrittlich und obwohl meine Familie rückständig ist, haben wir Gifte auf Vorrat. Wenn ich an Gift denke, es rieche und sehe, bekomme ich heimatliche Gefühle. In der Wochenschau zeigt man weite Felder, darüber fliegt ein Flugzeug und versprüht das Produkt unserer Chemiker. Zum Kampf gegen Ungeziefer spielt dramatische Musik, wie in den Kriegsfilmen, wenn Partisanen angreifen. Es wäre Sabotage und Staatsverrat, das Gift nicht zu schätzen. Im Gift sind wir eins, bürgerliche Auswüchse vereinen sich darin mit gesunder proletarischer Saat. Dem Gift verdanken wir alle unser tägliches Brot.

Gegen die Fliegenplage im Sommer gibt es noch kein Gift. Im Schlafzimmer hängt vom Lüster ein klebriger Fliegenfänger herunter. Die Fliegen drehen ihre Kreise darum herum und wenn sie müde werden, setzen sie sich auf die Folterspirale, schlagen mit den Flügeln und irgendwann rühren sie sich nicht mehr. Ich beobachte sie vom Bett aus, wenn ich krank bin. Es ist ungerecht, die Müdigkeit der Fliegen auszunutzen. Doch Großmutter sagt: Fliegen setzen sich auf jede Scheiße und schleppen uns Krankheiten ins Haus. Sie hat keine Ahnung, wie reinlich Fliegen sind. Sie reiben ihre Füßchen ständig aneinander. Am Sonntag ist großes Fliegenmorden. Man drückt mir einen Holzstiel mit einem Stück Leder daran in die Hand. Ich gehe schlagend herum wie eine Jägerin. Dabei ist am Sonntag arbeiten verboten, Großmutter sagt, wir sollen Gottes Werk preisen. Doch Fliegenmorden gilt nicht als Arbeit und Fliegen sind nicht Gottes Werk. Wenn sich eine Fliege auf die Stirn meines Bruders setzt, würde ich sie gerne töten.

Fliegen und Menschen versammeln sich am liebsten in der Küche. Bäuerinnen, die Gemüse bringen, wickeln dort ihre Geschäfte mit Großmutter ab. Sie tragen viele Röcke und darunter keine Unterhosen. Unterhosen und öffentliche Toiletten sind städtische Errungenschaften. Auf den Gemeinschaftsfeldern muss es einfach und schnell gehen. Die Bäuerinnen stellen sich breitbeinig hin, heben ihre dunklen Überröcke und die weißen Unterröcke hoch, und schon fließt es auf das Gemüse hinunter, ohne dass die vorbeifahrenden Traktoristen es bemerken. Wird eine Bäuerin wütend auf meine Großmutter, die um jeden Heller zankt, hebt sie in unserer Küche ihre Röcke hoch und zeigt den nackten Hintern. Dadurch soll Großmutter und nicht die Bäuerin entehrt werden, was unlogisch ist. Doch gewöhnlich halten die Bäuerinnen Großmutter für weise, weil sie in der Stadt lebt, und bitten sie um Rat. Soll ich meinen

Mann verlassen, fragt die Bäuerin und zeigt blaue Flecken. Großmutter rät ihr, alles zu erdulden und die Sünde der Scheidung nicht zu begehen. Die Bäuerin verbeugt sich: Gott möge es Ihnen mit Gutem vergelten, und küsst der Großmutter die Hand. Die Schläge tun ihr jetzt nicht mehr weh, da sie weiß, dass sie keine Sünderin ist.

Meinen Bruder zu verlassen ist keine Sünde. Ich bin keine Bäuerin, mir rät man nicht, mich widerstandslos schlagen zu lassen. Mama wird ungeduldig, wenn ich mich weinend beklage: Wehr dich, spornt sie mich an. Ich habe herausgefunden, dass ein starker Geist eine gute Waffe ist. Mein Bruder bindet mich ans Bett und kitzelt mich an den Fußsohlen. Zuerst muss ich lachen, doch es ist kein gutes Lachen, und als mir niemand zu Hilfe eilt, bitte ich meine Fußsohlen, nicht kitzlig zu sein, und sie gehorchen. Der Bruder denkt jetzt, ich sei nicht kitzlig, und bindet mich nicht mehr an. Er weiß nicht, dass ich an meine Füße glaube. Sollte er mich in den Achselhöhlen kitzeln, werde ich an meine Achselhöhlen glauben. Der Geist hilft nicht immer, und so muss ich den Bruder in die Eier treten, obwohl es mir Großmutter verbietet. Seine Eier dürfen nicht beschädigt werden, weil darin unsere Nachkommen warten. Mein Bruder ist der Namensträger der Familie und unser Name soll erhalten bleiben. Doch es ist eben der Tritt in die Eier, der ihn dazu bringt, von mir abzulassen. Seine winzigen Nachkommen tun mir leid, aber ich tue mir auch leid. Warum sollten meine Nachkommen weniger wert sein, nur weil sie einen anderen Namen haben werden?

Als mich Kameradin Lehrerin im Schulhof den Bruder in die Eier treten sieht und wüst schimpfen hört, staunt sie: Aber Janka, ich erkenne dich nicht wieder. Ich heiße

Jana, aber die Erwachsenen nennen mich Janka. Ich will Jana sein und meine Haare zum langen Pferdeschwanz gebunden tragen. Man schneidet sie mir kurz, damit sie stärker werden. Bei uns glaubt man, dass lange Kinderhaare schwach seien, denn ein Kind könne seine Lebenskraft noch nicht halten. Wenn ich eine Frau bin, wird meine ganze Kraft in einem Pferdeschwanz gebündelt sein. Da ich aber große, abstehende Ohren habe und man sie beim Pferdeschwanztragen sieht, muss man sie im Krankenhaus in der Hauptstadt annähen. Mutter hatte für die Operation alles vorbereitet. Es hat Vorteile, dass sie eingesperrt wurde. Ich will meine Ohren nicht annähen lassen, doch bleiben sie abstehend, werde ich nie einen Pferdeschwanz tragen können. Sind Ohren einmal angenäht, gewöhnen sie sich daran, gehorsam am Kopf anzuliegen und wollen nie mehr abstehen, auch nicht nach dem Herausziehen der Fäden. Das erzählt sich meine Familie abends in der Küche.

Meine Stirn darf ich nicht zeigen, sie ist hoch und gewölbt, und das gehört sich nicht für ein Mädchen. Ich trage einen dichten Pony. Drinnen in der Stirn darfst du so ungerade denken wie du willst, aber außen muss alles schön gerade zugedeckt sein, sagt Mutter und ordnet mir liebevoll die Haare auf der Stirn. Ich spüre auch durch die kalten Gefängnismauern den Druck ihrer warmen Hand. Oft denke ich hinter der gewölbten Stirn die Gedanken anderer, die von überall her auf mich einstürzen, und ich bewahre sie auf. Ich bin eine Sammlerin der Gedanken. Meine Familie meint, ich höre nicht zu. Wenn ich zum Einkaufen geschickt werde, trägt man mir zwei Sachen auf. Soll ich nämlich drei Sachen kaufen, vergesse ich eine davon oder zwei. Mehl und Zucker, muss ich wiederholen.

Mehl und Zucker sind keine Gedanken, solche Worte machen mich müde, und mein Blick bleibt oben hängen. Schau mich an, werde ich ermahnt. Es schmerzt, den Blick herunterzuholen, die erweiterten Pupillen auf das Naheliegende zu verengen. Auf dem Weg zum Laden mischt sich zwischen Mehl und Zucker ein Gedanke nach dem anderen, und wenn ich in der Schlange stehe, wälze ich die Gedanken hin und her, so dass von Mehl und Zucker nichts übrig bleibt, dafür werden neue Gedanken geboren, und ich kaufe Salz. Ich werde selten zum Einkaufen geschickt und oft dafür gescholten, dass ich nicht in der Wirklichkeit lebe. Meine Familie findet Mehl und Zucker wirklich, ich finde Gedanken wirklich.

Lieber würde ich Nóra heißen. So heißt ein Mädchen in unserer Klasse. Ihren Namen verkleinert man nicht wie meinen. Unsere Nóra bleibt Nóra, ob in der Schule oder zu Hause. Der Name kommt von anderswo und man lässt ihn wie er ist. Was von uns kommt, wird umgemodelt, verkleinert. Bei uns ist nichts sicher. Ohren dürfen nicht so bleiben, wie sie sind, und Mamas können sich im Nichts auflösen. Mein sicheres Versteck sind meine Gedanken. Sie werden immer mehr, marschieren durch mich hindurch, singen und vereinen sich, und ich winke ihnen von der Tribüne aus zu. Ich habe unendlich viel Raum für sie, weite Plätze der Großen Siege. Hätte ich nur Mehl und Zucker im Kopf, wäre ich arm dran. Liege ich krank im Bett, stehen mir meine Gedanken bei. Ich lasse sie weder durch Mehl noch Salz verdrängen, ich hüte sie, sitze auf ihnen wie unsere Hennen auf ihren Eiern. Ständig schlüpfen neue aus, ich schare sie um mich, füttere sie, sie werden größer und brüten eine neue Generation aus, und ich bin ihre Großmutter.

Mit den Verkleinerungen in unserer Sprache ist es so eine Sache: Alles, was man liebt, verniedlicht man, macht es putzig und harmlos, um der Liebe die Liebe zu erleichtern. Ich will aber mit großen Ohren und ernsten Gedanken geliebt werden. Bei den Erwachsenen bekomme ich gleich Öhrchen und trage Schühchen und kann neben ihnen nicht ruhig gehen, ich muss ruhigelein gehenchengehen. Es ist wie mit dem Mann, der sagte, das Glück gebe es nur in der Kindheit. Die Erwachsenen sind groß, aber sie freuen sich nicht darüber, sie suchen das Kleine. Für uns, die wir klein sind, ist die Welt riesig. Eine riesige Welt ist interessanter als ein Weltlein mit lauten Kleinchenleins. Ein Kleinchenleinchenlein wächst zurück in den Boden und wehrt sich nicht.

Eine Bandenführerin muss einen kurzen Namen haben, kurz wie ein Pfiff, damit sie dorthin rennt, wo Gefahr ist und rettet. Janka rettet nicht, Janka sitzt in der Ecke, das Gesicht in den Händen. Kaum ruft mich jemand Janka, schon kriege ich die unsägliche, enge Janka-Haut, aus der ich nicht heraus kann. Und all die Tanten und die Onkel ringsum meinen, ich sei ein schüchternes Mädchen. Bei uns gibt es unglaublich viele Tanten und Onkel, Kinder nennen nämlich jede Frau Tante und jeden Mann Onkel. Wir sind eine große Familie, die ständig wächst. Das hat nichts mit der proletarischen Verbrüderung zu tun. Daran ist unsere Sprache schuld. Werden dem Namen ein oder mehrere Buchstaben angehängt, schon gehört man zur Familie und fühlt sich kleinlein. Als Jana fahre ich freihändig auf meinem blauen Fahrrad, als Jana bin ich laut und habe mutige Pläne. Die Jana-Haut ist weit, es ist meine Haut, die ich von den Urmenschen vererbt bekam. Die Urmenschen kannten keine Verkleinerungen, für sie war die Welt unerforscht groß. Dort, wo die Welt auf Tanten und Onkel zusammenschrumpft, können Verkleinerungen wuchern und alles ersticken.

Unser Hof ist schmal, aber für eine Bandenführerin ist er weit. Wir kennen keine Gefängnisse, wir lieben Schwalben und halten sie im Herbst nicht zurück, und sie kommen im nächsten Frühling wieder. Wir begrüßen sie: Die Schwalben sind da! Und wenn Rosen am Zaun erblühen, sagen wir: Schau, Rosen! Wir haben einen Leiterwagen, auf dem mich der große Peťo durch das Viertel zieht, dann ziehe ich wiederum den kleinen Maťo. Das Ziehen und das Gezogenwerden ist gleichermaßen lustig. Wir borgen uns vom Mechaniker, der zuhinterst im Hof seine Werkstatt hat, ein Motorrad und fahren damit den Hof hinunter. Unser Hof ist abschüssig, und das Motorrad fährt uns auch ohne Motor. Der Mechaniker merkt am Montagmorgen nicht, dass er uns am Sonntagnachmittag geholfen hat. Und falls er es merkt, schimpft er, und wir lachen uns nicht ins Fäustchen, sondern in die Faust.

Brauchen wir Geld für ein Eis, graben wir im Garten nach farbigen Steinen und stellen sie neben abgenagten Hahnknochen in der Waschküche aus. Der Eintritt in die Ausstellung ›Prähistorische Schätze‹ kostet eine ganze Krone. Wir haben vor, bald einen richtigen Schatz auszustellen, und graben den ganzen Hof um. Der Boden ist hart, wir kommen nur langsam voran, aber irgendwo liegt einer. Manchmal fällt er vom Himmel. Im Mai schütteln wir Obstbäume und Maikäfer fallen schläfrig herunter, wir sammeln sie ein, halten sie in der Hand, spüren ihr feines Krabbeln, füllen ganze Eimer, gießen Wasser hinein und Großmutter zahlt pro Eimer zwei Kronen. Zum Begräbnisschmaus der Ertrunkenen rufen wir die Hennen. Ich höre gern das Knacken der Maikäferpanzer unter dem gierigen Gehacke der Schnäbel.

Wenn es geregnet hat, wühlen wir im Garten nach Würmern, ziehen dicke, sich windende Tierchen heraus, sie sind glitschig und fleischig, wir werfen sie den Hennen zu, die sich daran fast verschlucken. Sie streiten sich darum, schlagen mit den Flügeln, und die feuchte Erde riecht gut. Ich mag Würmer. Man erzählt, dass der Teil, den man ihnen abhackt, wieder nachwachse, so unverwüstlich seien sie. Ich stelle mir vor, unsere Seelen seien so beschaffen wie die roten Körper der Würmer. Das Stück, das ein böser Bruder oder ein anderer Schurke von der Seele abschneidet, wächst mit der Zeit nach, nur ein erhöhter Ring bleibt als Erinnerung an den Seelenraub. Dieser Vorgang heißt sich regenerieren, lernen wir in der Schule. Das Wort gefällt mir, Regen ist drin, und nach dem Regen gibt es dicke Würmer, deren Wunden wundersam heilen.

Unsere Bande will Gutes und Großes tun, der Menschheit helfen, beschließen wir auf der Bandenversammlung in der Waschküche. Bei Banden denkt man an Bösewichte, wir lesen aber in der Schule über einen Jungen, der eine Bande guten Willens gegründet hat, und diese vollbringt gute Taten. Unsere Bande geht hinaus aus dem großen Tor auf den Gehsteig, um die Menschheit zu retten. Wir stürzen uns auf eine Großmutter, bitten sie, uns ihre Einkaufstaschen zum Tragen zu geben, aber je gütiger wir sind, desto mehr klammert sie sich daran fest. Kameradin Lehrerin erzieht uns, Großmüttern und Großvätern im Bus Platz zu machen, damit sich ihre brüchigen Knochen ausruhen können. Ich halte im Bus Ausschau nach ihnen und rufe: Hier, bitte, setzen Sie sich! Es ist schön, den eigenen Platz einem anderen Menschen zu überlassen, der ihn nötig hat. Ich fühle mich reich und stark dabei, wie jemand, der keinen Platz braucht, der überall steht, zu sich und zur Menschheit, allzeit bereit und aufrecht. Wenn mir eine Großmutter mit ihrer zittrigen Hand über den Kopf streichelt und sagt: Danke, mein Herzchen, will ich etwas Weltbewegendes für sie tun.

Von den Hofkindern habe ich Peťo am liebsten. Er ist mein guter Bruder, viel größer als ich, schwer und langsam wie ein Bär. In der Schule meint man, wir gingen zusammen. Das Gerede nervt uns, deshalb sitzen wir nicht nebeneinander in der Schulbank, und auf dem Heimweg gehen wir getrennt, doch im Hof sind wir unzertrennlich. Wir klettern auf einen alten Zwetschgenbaum und tauschen unsere Erkenntnisse aus. Peťo hat etwas Großes herausgefunden: Wenn man groß muss, soll man sich auf einen Stein setzen, damit dieser das Große, das herauskommen will, wieder zurückdrängt. So machen wir es und brauchen das Spiel nicht zu unterbrechen. Oben in der Krone des Zwetschgenbaumes denken wir über allerlei Großes nach, über die Zahl Null und die Ungeheuerlichkeit, dass Zahlen nie enden. Mir wird schwindlig von der Nähe zu Peťo inmitten des unendlichen Kosmos. Aber ich verrate ihm nicht, dass Mama im Gefängnis ist, und er gibt nicht preis, wer sein richtiger Vater ist, und beklagt sich nicht über seinen Stiefvater. Abends hört man aus Peťos Haus Schreie und die Hofkinder flüstern: Jetzt bindet ihn sein Stiefvater an und schlägt ihn mit dem Riemen. Peťos Mutter sieht besorgt aus, und Peťo widerspricht ihr nicht, wenn sie ihn ruft. Wenn mich Großmutter ruft, lasse ich mich lange bitten: Noch nicht, noch nicht, rufe ich zurück und bleibe, bis es dunkel wird, im Hof. Sehe ich Pet'os blaue Flecken, frage ich nicht danach. Schaut mich aber sein Stiefvater mit Glotzaugen an, die aussehen, als seien sie aus den Augenhöhlen herausgeprügelt worden, grüße ich ihn nicht.

Seit kurzem kommt samstags ein Mann in den Hof. Er ist kräftig gebaut und zieht sein rechtes Bein mühsam hinter sich her. Hat jemand ein Gebrechen, gehört es sich, ein mitfühlendes Gesicht aufzusetzen und zu flüstern: Der Arme, so leise, damit der Betroffene es nicht hört. Dem Hinkenden gegenüber tut man wiederum so, als würde er nicht hinken. Beklagt sich der Hinkende über das Hinken oder entschuldigt sich dafür, scheucht man solchen Blödsinn mit den Armen fuchtelnd weg: Das sieht man doch gar nicht! Und man tätschelt ihm die Schulter. Gute Sitten verlangen, die Fehler anderer hinter ihrem Rücken zu vergrößern und von Angesicht zu Angesicht zu verkleinern, und die richtige Größe verschwindet. Gebrechen stoßen uns zu und wir können nichts dafür. Die Invaliden heißen in unserer Sprache: Die, denen etwas zugestoßen ist.

Das Hinken ist geheimnisvoll. Wir hören auf zu spielen und starren den Mann an, wie er den Hof überquert und das Haus einer neu eingezogenen Proletarierfamilie betritt. Er liebt die wasserstoffblonde Tochter, die damit einverstanden ist, einen hinkenden Liebsten zu haben. Das macht sie wiederum geheimnisvoll. Sie muss ebenfalls ein Gebrechen haben, schlimmen Geldmangel, schlechten Ruf oder Ausschlag. Sonst würde die Familie der Blondgefärbten einen Mann mit einem schmerzlich sichtbaren Fehler nicht ins Haus lassen. In diesem Haus müssen anrüchige

Dinge geschehen. Der Hinkende übernachtet dort und am Sonntagmorgen lehnt er sich im weißen Leibchen aus dem Fenster hinaus. An der Hand, in der er eine Zigarette hält, glänzt ein dicker goldener Ring. Er klopft Asche auf unseren Hof ab und Großmutter ruft mich ins Haus.

Abends schickt sie mich, den Hennenstall abzuschließen, wo unsere Hennen an langen Stangen festgekrallt schlafen. In der Nacht müssen sie vor dem Marder beschützt werden, dieser liebt nämlich das Hennenblut, erzählt Großmutter. Ich schleiche in den Hof, höre friedliche Hennenseufzer, schiebe hastig den Riegel zu und eile voller Angst zurück. Als wir einmal vergaßen, den Hennenstall zu schließen, hörten wir nachts lautes Gackern und morgens fanden wir zwei leblose Hennen mit Marderbissen am Hals vor. Ich dachte, der Marder sei ein großes schreckliches Tier, doch da erblicke ich ihn endlich: der Blutsauger zieht beschämt seinen buschigen Schwanz am Boden hinter sich her und duckt sich wie mein Bruder, wenn ich ihn in die Eier trete.

Lehne ich mich zum Küchenfenster hinaus, sehe ich den Nachbarshof, sehe unsere Feinde, die sich zusammenrotten, um uns zu ärgern. Eine hohe Mauer trennt unsere Bande von dieser anderen Welt, deren Knaben mager und geübt im Prügeln sind. Einmal kommt von dort ein fürchterliches Geschrei, das ist mein Bruder, dem im Kampf mit Proletarierkindern ein Arm gebrochen wird. Mutter begibt sich zum ersten und letzten Mal in den Nachbarshof und zieht ihr Einundalles, dem über dicke Backen Tränen kullern, hinter sich her. Danach habe ich eine ruhige Zeit, Bruders rechter Arm liegt unbeweglich in Gips und dem linken kann ich flink ausweichen.

Grossmutter liebt am meisten ihren Erstgeborenen, der auf eine große Insel emigriert ist. Er ist klug und hat eine große Villa und seine Frau ist tüchtig, sie züchtet Zwergbäume, damit sie nicht viel Platz in Haus und Garten wegnehmen. Dabei verstellen bei ihnen weder Kinder noch Großeltern noch Proletarier das Haus. Großmutter meint, das sei Kunst, aus großen Bäumen kleine zu machen. Ich finde, man soll kleine Bäume zum Großwerden ermutigen. Der kluge Onkel und die tüchtige Tante schreiben uns Briefe, in denen sie andeuten, dass sie uns bedauern, weil wir unter der proletarischen Herrschaft leben müssen. Steht im Brief: Wir sind glücklich, dass es Euch gut geht, und danach folgen zehn Ausrufezeichen, bedeutet es, dass der Inselonkel und die Inseltante betrübt sind, dass es uns so mies geht – diesen Geheimcode hat Vater entschlüsselt.

Unsere Inselverwandten meinen, sie wüssten, wie wir leben, als hätten sie inmitten ihrer Zwergbäume ein auf uns gerichtetes Fernrohr. Sie fürchten, wir haben nichts anzuziehen, und schicken uns Pakete mit ausgefallenen Kleidern. Großmutter bewahrt sie im Schrank auf, zieht ihre geflickten Lumpen an und sammelt Hennendreck im Hof. Ich trage die Inselkleider, und man schaut mich an, als sei ich darauf angewiesen, Kleider von einer fremden Insel zu tragen oder – noch schlimmer – als sei ich mit unseren Einheitskleidern nicht zufrieden, als hielte ich mich für weiß Gott wen und sabotierte die Arbeit der gut ausgebildeten Näherinnen in den sauberen Fabriken. Es gibt aber Mädchen, die mich darum beneiden, und ich selbst finde mich schön darin und denke nicht daran, dass es ein falscher bürgerlicher Stolz ist, den ich vererbt bekam. Es sind Kleider aus weichen Stoffen, die mit Palmen und

Strand bedruckt sind und mit dreieckigen Knöpfen zugemacht werden. Knöpfe müssen rund sein, dachten wir immer, und staunen, dass es nicht so ist.

Seit Mama weg ist, darf ich keine ausgefallenen Kleider tragen, Großmutter will das Schöne schonen und sagt, Kinder dürfe man weder mit Schönheit noch mit Liebe verwöhnen. Wenn mich Mutter früher heftig abküsste, ärgerte sie sich: Liebe verdirbt den kindlichen Charakter. Mutter meinte wiederum: Liebe ist das Beste für Kinder, und küsste mich weiter ab. Jetzt küsst mich niemand, und wir nehmen die Inselkleider aus dem Schrank voller Naphthalinkugeln nur zum Fotografieren heraus. Dann schicken wir die Fotos, auf denen mich der Bruder vor unserem Nussbaum an sich drückt und sympathisch lacht, dem Inselonkel und der Inseltante. Sollen sie sehen, dass wir uns unter der proletarischen Diktatur die Liebe erhalten haben. Und im Brief muss ich schreiben, dass ich Lehrerin werden möchte. Und mein Bruder darf nicht Millionär werden wollen, sondern Arzt. Nach dem Fotografieren kneift er mich in die Hinterbacke und schimpft mich Dickarsch.

Mein Kreuz ist, dass ich gut sein muss. Ich darf keine einzige Stunde lang wütend und bösartig sein. Der Bruder darf es Tag für Tag, Jahr für Jahr, dafür wird er am Galgen enden, sagt Großmutter. Er darf schlagen, aber nicht weinen, er ist ein zukünftiger Mann, ich wiederum darf unter seinen Schlägen weinen. Nur wenn ich mit ihm Schiffeversenken spiele, darf ich ihn auf dem karierten Papier schlagen. Dann wird er wütend und hört auf zu spielen. Beim Schiffeversenken nehmen mich die Erwachsenen in Schutz. Man muss im Leben verlieren können, belehren sie uns. Wir lernen zu verlieren, aber nicht zu gewinnen. Seit

Kameraden Proletarier gewonnen haben, darf es kein neues Gewinnen mehr geben. Bei Verlusten bin ich besser dran als mein Bruder. Jemand, der gewohnt ist einzustecken, ist nämlich lebensfähig, sagt man. Meine Wut über all die Verluste habe ich in die linke Ferse verbannt. Manchmal kitzelt sie mich, will hochkommen, doch ich ermahne sie: Bleib, wo du bist, gedulde dich, eines Tages lasse ich dich mit viel Lärm raus.

Es heißt, dicke Leute seien gutmütig. Der Bruder schämt sich, gutmütig zu sein, im Schwimmbad deckt er seine dicken Brüste mit gekreuzten Armen zu. Im Sommer schlägt er mich mehr, drischt seine Scham in mich hinein und wird sie trotzdem nicht los. Mutter kneift ihn in den faltigen Bauch und lacht. Bleibt der Bruder fett, will ihn kein Mädchen haben. Mädchen mögen keine gutmütigen Jungen, und so bleibt er ein Muttersöhnchen. Mutter füttert ihn mit Zwetschgenbuchteln, darüber gießt sie heiße Butter und bestreut sie mit Mohn und Zucker. Ihr liebender Blick begleitet die volle Gabel zum Mund. Die Liebe einer Mutter zu ihrem Sohn ist die größte Liebe auf Erden, sagt sie. In einem Märchen hält der Sohn die größte Liebe nicht mehr aus und hackt seiner Mutter den Kopf ab, doch beim Verlassen des Hauses stolpert er über ihn und fällt hin. Da fragt der Mutterkopf: Mein Söhnchen, hast du dir weh getan? Mama hat mir das Märchen schon zum dritten Mal erzählt und jedes Mal ist sie über die Güte der geköpften Mutter zu Tränen gerührt. Ob der Sohn dann endlich weggegangen ist, frage ich, doch das weiß sie nicht und droht: Warte, bis du einen Sohn hast!

Wenn der Bruder von der Schule nach Hause kommt, ist Mutter besorgt: Söhnchen, hast du schlechte Noten bekommen? Sie weiß, wie aus schlechten Noten gute werden, packt die Tasche voll und macht in ihren Stöckelschuhen Lehrerinnenbesuche. Dann kehrt sie mit der leeren Tasche und zufrieden zurück. Seit sie im Gefängnis ist, gibt es kein Klopfen der Stöckelschuhe im Treppenhaus, die brüderlichen Brüste haben sich verflacht, und um seine Noten kümmert sich keine Sau, nur noch er selbst. Ich lebe weiterhin im Krieg. Mein Bruder schlägt wie der Feind aus dem Hinterhalt zu, liest mein Tagebuch und spottet darüber, und mir stehen keine Partisanen bei, alles muss ich selber machen, den Namensträger in die Eier treten und in der Schule so tun, als sei ich ein normales Mädchen. Aber auf der Insel, die meine Tante mit Zwergbäumen vollgestopft hat, will ich nicht leben.

Wenn ich mich bei der Mutter beklage, seufzt sie: Deine Sorgen möchte ich haben, und macht Strickreihen auf der elektrischen Strickmaschine, ruck nach rechts, ruck nach links. Dieses fortschrittliche Gerät hat ihr der Inselonkel geschickt, damit sie schneller stricken kann. Obwohl wir im Keller ganze Berge Holz und Kohle und Kartoffeln haben, Obst vom Garten und Hähne vom Hof holen und Vater einen Proletarierlohn von den Brücken nach Hause bringt, stöhnt Mutter, wir hätten nicht genug. Sie hört mich nicht im Geratter der Strickmaschine, versunken ins Geräusch um unser Wohl. Beklage ich mich über die Schläge, vertreibt sie mich mit dem Spruch: Der Klügere gibt nach. Du musst den Bruder bestrafen, fordere ich, und sie antwortet weiter strickend: Muss ist ein großer Herr, Nicht-Muss ein noch größerer.

Unser Staat verbietet es, Pullover und Mützen zu verkaufen, niemand soll sich bereichern, über andere erheben.

Mutter will sich aber hervortun. Sie findet es sogar gut, wenn die Leute schlecht von ihr reden. Es sei besser, die Leute redeten von einem, als wenn man unbeachtet bliebe. Ich will nicht, dass man schlecht von mir redet. Von einer Heldin redet man gut. Ab und zu kommen Polizisten zu uns, durchsuchen Schränke und finden darin Pullover und Mützen, doch Mutter lügt: Das habe ich für meine Kinder gestrickt. Als könnte ich in einem Winter drei Pullover und vier Mützen tragen! Sie geben ihr eine Geldstrafe, drohen schäkernd mit dem Finger, und sie windet sich wie eine Schlange. Eine Frau muss mit den Waffen einer Frau kämpfen, schärft sie mir ein. So windet sie sich und strickt weiter, ruck nach rechts, ruck nach links, und wenn es an der Tür läutet, rennen wir herum und verstecken Pullover und Mützen. Doch solange Mama zu flirten versteht, brauchen wir uns vor fremden Männern nicht zu fürchten.

Das war so, als sie noch da war, und Kameradin Lehrerin und Mütter meiner Klassenkameradinnen ihre Strickarbeiten gekauft haben. Auf den Pullovern sind verschiedene Farbfäden so zusammengemischt, dass Muster wie Blitze entstehen. Es ist nicht schwer, in unserer Kleinstadt die Urheberin der verbotenen Blitze aufzuspüren. In den Staatsläden gibt es nur einfarbige Pullover, doch die bunte Sabotage meiner Mutter kann nicht der Grund für ihre Verhaftung sein. Die Strickmaschine wurde nicht beschlagnahmt, sie liegt auf dem Tisch im Schlafzimmer, zugedeckt mit einer grauen Decke, als wäre sie ein schlafendes Tier. Schaue ich im Halbdunkel von meinem Bett aus auf ihre Umrisse, erscheint sie mir wie eine Leiche. Tagsüber ist es still geworden, das ratternde Geräusch fehlt, als hätte das Leben aufgehört, Faden um Faden, Strickreihe um

Strickreihe zu wachsen. Und ich trage einen gewöhnlichen Pullover ohne Blitze.

Sehe ich Blitze am Himmel, denke ich an Mama, wie sie in einen Schenkrausch gerät und plötzlich jemandem einen Pullover gibt und kein Geld dafür will: Nimm, lacht sie, und nimm noch eine Mütze und noch einen Schal, und weißt du, nimm auch einen Pullover für deine Schwester. Dabei wächst sie regelrecht in die Höhe, vergrößert sich mit jedem geschenkten Blitzwerk, und je mehr sie abgibt, umso reicher wird sie, bis sie glaubt, sie habe unendlich viele Reichtümer zu verteilen. Und je mehr man abwehrt – bei uns gehört es sich, Geschenke nicht mit offenen Armen zu empfangen, als wäre man gierig danach, sondern die Hände dagegen zu stemmen und nein, nein zu rufen –, umso freigiebiger wird Mama, umso entschlossener belädt sie andere, und sie geben irgendwann nach. Verbietet mir Großmutter eine Orange mit den Kindern zu teilen, die nie Orangen gegessen haben, werden ihre Lippen schmal: Wir haben nicht genug und du brauchst Vitamine, flüstert sie, und ihre ganze Gestalt schrumpft auf eine halbierte Orange zusammen.

Wenn Mutter und ihre Freundinnen im Wohnzimmer plaudern, wenn sie vor Lachen schier bersten, geht Großmutter grollend hin und her: Sie sollen weggehen, Mama muss arbeiten. Aber Mama will mit ihren schön angezogenen Freundinnen Eierkognak zum türkischen Kaffee trinken, unanständige Witze reißen und alles verschenken. Freundinnen sind Gold wert, sagt sie und ich sehe, was Freundinnen so alles können – sie machen sich gegenseitig Komplimente, ermutigen sich zu anrüchigen Taten und rauchen. Das Rauchen ist modern und eine vornehme Sache, es braucht Zeit und Hingabe. Man raucht bei uns im Wohnzimmer, eingesunken im Fauteuil, mit gekreuzten Beinen, zur leichten Unterhaltung, die wie Rauch ins Nichts geblasen wird. Im Wohnzimmer wälzt man keine Probleme, dafür ist die Küche da, und man streitet auch nicht, dafür ist das Schlafzimmer da. Beim Rauchen blickt man in die schwarze Mahagonivitrine zu den geschliffenen Gläsern, die nie benutzt werden. Wertvolles darf man nicht benutzen. Oben auf der Vitrine, vor den Gästen versteckt, liegt ein mit Wasser gefülltes flaches Gefäß. Der Zigarettendunst soll nicht an der Decke kleben und sie gelb färben, er soll sich ins Wasser setzen. Wasser schluckt Rauch, sagt Mutter. Wenn ich Lachen aus dem Wohnzimmer höre und nicht einschlafen kann, denke ich an den Wasserschlund, in dem die Unterhaltung samt dem Rauch verschwindet. Dann wird Mama kommen und mir einen Gutenachtkuss geben.

Es gibt vornehme Gäste fürs Wohnzimmer und Verwandtengäste für die Küche. In der Küche raucht man nicht, dort wird man gefüttert. Gastfreundschaft und Zwangsfütterung sind ein und dasselbe, witzelt Vater. Kaum sitzen angereiste Verwandte am Küchentisch und fragen nach der Gesundheit der Familie, schon wird aufgetischt. Zuerst müssen sie mit Selbstgebranntem aufgewärmt werden, egal, ob in der Früh oder in der Mittagshitze. Das war immer so, seit Urururzeiten, behauptet Großmutter. Warme Gäste machen gute Laune, und darum geht es beim Besuch. Gäste sind dazu da, uns Freude zu machen. Sie müssen unsere Speisen so verdrücken wie die Gans, die Großmutter in der Waschküche zwischen die Knie klemmt, und ihr den Schnabel offen hält und diesen mit Mais vollstopft. Die Gans würgt und würgt, aber Großmutter schiebt den Mais mit der Hand am Hals hinunter, bis er den Magen erreicht. Später wird wertvolles Fett daraus, das wir den Gästen vorsetzen, denn Gast im Haus ist Gott im Haus, heißt es doch. Das Beste ist für die Gäste, die ständig zum Schöpfen aufgefordert werden müssen. Wenn Großmutter von ihren seltenen Besuchen nach Hause kommt, sagt sie abschätzig: Es gab von allem genug, aber man wurde wenig zum Nehmen aufgefordert. Und Mutter pflichtet ihr ausnahmsweise bei: Geiz und Gastgeber sind zwei Dinge, die sich gegenseitig beißen.

Gastgeber sein, bedeutet unentwegt braten und kochen. Von jemandem, der irgendwo häufig zu Gast ist, sagt man deshalb: Er ist dort gebraten und gekocht. So heiß wird es den Gästen bei uns. Ich sitze auf meinem Hocker und schaue zu, als wäre ich Zuschauerin im Puppentheater. Ich weiß, dass unsere Gäste die schwierige Aufgabe haben, sich zu wehren, aber nur zum Schein, denn es sind nicht sie, die wissen, was gut für sie ist. Am Widerstand der Gäste wächst wiederum die Sorge um ihr Wohl. Es braucht viel Kraft, die sich sträubenden Gäste zu ihrem Glück zu zwingen. In diesem Ausnahmezustand ruht alles im Haus. Kümmere dich um die Gäste, ruft man sich bei uns nervös zu. Gäste dürfen keinen Augenblick lang sich selbst überlassen werden. Wer hat schon einsame, hungrige, nicht unterhaltene Gäste gesehen? Konversation ist wie Paprika oder Puderzucker, die über die üppigen Speisen gestreut werden.

Ich höre, dass hinter dem Meer große Freiheit herrscht. Gäste führt man statt zum vollen Tisch zum Kühlschrank und duzt sie: Nimm dir, was du willst. Und im Kühlschrank liegen weder ganze Braten noch geköpfte Hähne, sondern künstlich gefärbte Joghurts. Hinter dem Meer löffeln Gäste in aller Freiheit mal einen roten, mal einen grünen Joghurt vor dem Fernseher leer und gehen wieder nach Hause zum eigenen Kühlschrank mit farbigen Joghurts und einem eigenen Fernseher, der im ganzen Land dasselbe erzählt. Wir haben weder einen Fernseher noch einen Kühlschrank und unsere Joghurts sind weiß, aber unsere Konversation ist farbig und in jedem Haus anders. Lieber esse ich Tag für Tag einen weißen Joghurt, dafür schwelge ich in unglaublichen Geschichten, die jeder anders weitererzählt.

Mutter sagt, es sei höchste Zeit für mich, türkischen Kaffee trinken zu lernen. Da gibt es keine Ausrede, ohne Kaffeetrinken kann eine Dame keine Besuche machen. Sie gießt ihn in eine Porzellantasse ein und schaut unbarmherzig zu, wie ich leide. Der Kaffeesatz treibt in einer heißen, bitteren Schwärze und bleibt an meiner Zunge kleben. Großmutter rettet mich: Lass das Kind in Ruhe! Und Mama gibt beleidigt auf. Fast habe ich mich ans Kaffeetrinken gewöhnt, doch seit Mama im Gefängnis ist, bin ich keine Dame mehr und ihre Freundinnen kommen nicht mehr zu uns. Das Sofa und die Sessel sind in beigen Überzügen eingepackt wie im Gespensterschloss. Nur Vaters Schreibtisch ist frei. Darauf liegt eine kühle Glasplatte.

Hier schreibe ich meinen ersten Liebesbrief, denn ich bin krank und es ist öde im Bett zu liegen und große Penicillintabletten zu schlucken. Da denke ich so lange an einen Jungen aus unserer Schule, bis die Liebe kommt. Er hat einen Igelhaarschnitt, doch die Liebe kümmert sich nicht darum, stachelig oder nicht, sie kommt einfach, ich kann nichts dagegen tun. Einen zweiten Liebesbrief habe ich noch nicht geschrieben, der Junge ließ mir ausrichten, ich sei eine blöde Kuh. Langeweile ist gefährlich, sagt Großvater.

Lieber hole ich aus der Büchervitrine zwei rote Märchenbände heraus. Es gibt keine Illustrationen darin und viele Märchen enden schlecht. Der kleine Sohn einer Magd wird zum Fest der Herrschaftskinder eingeladen, doch die Revolution findet nicht statt, der arme Junge bleibt ein armer Junge. Oder eine Schwalbe verliebt sich in die Statue des Prinzen am Hauptplatz und fliegt nicht mit den anderen Schwalben in den Süden. Ihre Treue wird nicht belohnt, aus ihr wird keine Prinzessin, sie erfriert zu Füßen des steinernen Prinzen. Ich denke über die rückständigen Geschichten nach und erfinde für sie eine Erlösung – das ist ungefährlicher als das Schreiben von Liebesbriefen. Vaters Schreibtisch, wo ich Hausaufgaben mache, eignet sich sowieso nicht für die Liebe.

Das Märchen, in dem die böse Schneekönigin den Knaben Kai in ihr Eisschloss entführt, endet fortschrittlich. Kais Schwester ruft in der Eiswüste bis zur Erschöpfung: Kai, Kai, und Kais erfrorenes Herz taut von ihrer Liebe auf. Im Winter ist es morgens kalt im Schlafzimmer, die Fenster haben Eisblumen, dann kommt Großmutter und heizt ein. Ich bleibe im Bett, schaue mal zu den Eisblumen, mal ins Ofenfeuer und denke an Kai, mit dessen Namen ich

Eis und Glut verbinde. Großmutter verbietet mir, ins Feuer zu schauen, davon würde ich pinkeln müssen. Warum ruft das Feuer in uns seinen flüssigen Gegenspieler hervor? Ich will ins Feuer schauen ohne ans Pinkeln zu denken, aber Großmutters Warnung mischt sich dazwischen. Großmutter vergleicht meinen Körper mit dem Ofen und Nahrung mit Kohle und Holz. Ich solle viel essen, davon bekäme ich Feuer in den Bauch und meine stets kalten Hände und Füße würden warm werden. Schau lieber nach den Pflanzen, rät sie mir. Als eine Hängepflanze vor sich hinwelkt, meint Großmutter, das komme daher, weil niemand an sie denke. Sie hängt die Pflanze neben meinem Bett auf und weist mich an, ihr gute Gedanken zu schicken. Obwohl ich Fieber habe, schicke ich ihr meine letzten Kräfte, und die hellgrünen Blätter wachsen und wölben und breiten sich über die Tapete aus. Schließlich heißt die Pflanze ›Sich ausbreitender Janko‹ und ist mutig wie unser Held, der in die Welt hinausgeht, immer weiter, bis an ihren Rand. Ich bin die helfende Fee, der er im Wald und in Not begegnet, ich helfe Janko. Dass die Pflanze einen heldenhaften Namen trägt, macht alles einfacher. Würde sie ›Hinter dem Ofen sitzender Rudolfko‹ heißen, würde ich keine Kraft für sie aufbringen.

Als wir Großmutter überreden, statt in die Kirche mit uns ins Kino zu gehen, bekommt es ihr nicht gut. Unsere berühmte Schauspielerin, die ein federleichtes Kopftuch locker über dem toupierten blonden Haar trägt und große Augen macht und schmollt, als wäre sie beleidigt, betrügt im Film ihren Ehemann. Großmutter wird wütend, spuckt herum und will von unserem Idol nichts mehr wissen. Es hilft nichts, als Mutter sie aufklärt, die Schauspielerin habe die Untreue nur gespielt, das sei ihre Arbeit. Großmutter nimmt die Kunst ernst. Dann ruft mich Mama zu sich und redet auf mich ein: Ich war eurem Vater nie untreu, merk dir das, falls du dummes Gerede hören solltest. Ja, ja, nicke ich und bemerke einen Fieberglanz in ihren Augen. Ich schwöre mir, meine Partisanenbrüder nicht zu betrügen und langes Haar hochgesteckt unter einem breiten, durchsichtigen Kopftuch zu tragen. Das wird umwerfend schön sein. Einen Schmollmund zu machen habe ich nicht vor, mein Mund soll in Bewegung bleiben.

Ob Mutter mit Großmutter, Vater mit Mutter oder der Bruder mit mir, der Streit gehört zu uns. Wir wissen wenigstens, was Gefühle sind. Die Ehe meiner Eltern kocht und brodelt wie die sonntägliche Hahnsuppe, in der fette Kreise schwimmen und mich böse anschauen, als wären sie Augen. Vater sagt zu allem: Das ist nicht so einfach. Mutter findet: Das ist ganz einfach. Wenn sie Recht hat, triumphiert sie: Siehst du, ich hatte Recht. Da sie mit ihren ganz einfachen Ideen ins Gefängnis kam, hat ausnahmsweise Vater Recht behalten. Aber jetzt ist sie nicht da, er kann sie nicht übertrumpfen: Siehst du, ich hatte Recht. Wenn die Eltern nicht streiten, wissen sie nicht, was sie miteinander tun sollen. Dann kommt das große Schweigen, und das ist schlimmer als die übertriebenen lila Wörter, mit denen sie sich gegenseitig bewerfen. Schweigen hat keine Farbe, dafür geht eine gefährliche Spannung von ihm aus. Schweigt unser Vater, ist er wie die Hochspannungsmasten, die Kameraden Proletarier auf Wiesen und Feldern aufrichten.

Ich fürchte, in seine Nähe zu kommen, ein Draht könnte sich lösen und mich erschlagen.

Wenn Vater unsere Mama mit dem Schweigen straft, meint er, ich sei noch in ihrem Bauch und verdiene ebenfalls keine Worte. Er spricht dann einsilbig nur mit der Großmutter, die ihm klagt: Die Kinder haben den Gartenzaun heruntergerissen und das Treppenhaus beschmutzt und Janka hat wieder Löcher ins Brot gemacht. Lange merkt Großmutter nicht, dass ich, wenn ich Brot kaufe, auf dem Heimweg davon esse. Sie glaubt, die Gänge, die ich mit den Fingern aushöhle, stammen von einer Maus, und sie stellt eine Mausefalle mit einem Stück Speck in der Speisekammer. Großmutter hält Vater für den Mann im Haus und erwartet, dass er ein Machtwort spricht. Er schweigt zu den beklagten Löchern. Er ist selbst wie ein ausgefressenes Loch.

Nur in der Nacht von Samstag auf Sonntag flüstern sich Vater und Mutter Koseworte zu, und Mutter seufzt furchtbar. Ich wache auf und rüttle an den hochgezogenen Bettgittern – ich schlafe noch im alten Kinderbett, in dem ich mich kaum ausstrecken kann. Vater und Mutter hören mich nicht, Mutter seufzt und Vater redet in Verkleinerungen weiter. Ich misstraue solchen Verkleinerungen, die am nächsten Morgen als große Schimpfworte aufwachen und wie verrückte Fledermäuse durchs Haus flattern. Am Sonntag streiten die Eltern darüber, wer Recht hat, bis es Abend wird. Dann geht Vater Brücken bauen und wir leben eine Woche lang ohne Kose- und Schimpfworte. Seit Vater Recht behalten hat, liegen an Sonntagen die Kose- und Schimpfworte unter den Orientteppichen und rühren sich nicht.

Wenn der Winter uns zusetzt, naht das Fest des Überflusses. Tannenbaumäste tragen geduldig brennende Kerzen und beugen sich unter der Last von Schokoladenfigürchen. Großmutter prahlt: Wir haben den größten Baum in der Stadt, und sie bringt Gäste ins Haus, damit sie ihr Oh und Ah hört. Auf der Spitze ist ein goldener Stern, der die Decke berührt, und Großmutter glaubt, dass unser Wohlstand den Himmel erreicht hat. Die Nachfahren der Urmenschen, erklärt Kameradin Lehrerin, froren unter den Schneeverwehungen und haben sich die Geburt des Gottessohnes ausgedacht, sie wollten sich überessen und dafür brauchten sie einen Grund. Kameradin Lehrerin durchschaut den ganzen Aberglauben, aber auch sie stellt einen toten Baum zur Ehre des Gottessohnes in ihr Wohnzimmer und setzt sich unrevolutionär darunter.

Ein paar Tage davor schwimmt in der Badewanne ein Karpfen, ich mache Jagd auf den Hai, beschieße ihn mit Bürsten und Schwämmen. Während der vorheiligen Zeit können wir nicht baden, aber sowieso baden wir nur einmal in der Woche, wenn Großmutter den Ofen im Badezimmer einheizt. Ich muss mit dem Bruder zusammen baden. Dann ist er der Hai, den ich zu erlegen trachte, die Wogen steigen und Mutter ruft: Aufhören, lacht und seift mir den Rücken ein. Großmutter ist als die Älteste für den Tod zuständig, sie hackt am heiligen Tag dem Karpfen den Kopf ab. Abends essen wir seine panierten Flanken, davor löffeln wir eine rosarote Krautsuppe und zum Schluss lassen wir uns eine hohe weiße Torte mit Glasur schmecken, erst dann dürfen wir die Geschenke auspacken, die uns der nicht existierende Gottessohn geschickt hat. Wir tun einen Abend lang so, als wären wir eine normale Familie. Die

Eltern dürfen nicht streiten, Mutter, Großmutter und ich sitzen in ausgefallenen Inselkleidern am Mahagonitisch, Vater mit dem Bruder in dunklen Jacken und weißen Hemden, und alle sprechen höflich miteinander. Es kommt ein Fotograf, wir stellen uns vor den Tannenbaum, versuchen liebenswürdig auszusehen, nur ich rümpfe die Nase. Vor Mitternacht wird die Anspannung unerträglich. Ich heule, weil der Bruder mein Puppentheater samt Prinzessin vollgespuckt hat.

Grossmutters Altar ist in der Kirche, Mutters Altar ist die Strickmaschine und Vaters Altar ein Regal mit Pokalen und Medaillen. Jeden Sommer kommen neue Trophäen hinzu, und niemand außer dem Sieger achtet auf die vor sich hinglänzenden Gegenstände. Im Sommer klagt Mutter, sie müsse verschwitzte Leibchen und rot verfärbte Socken waschen. Sie versteht nicht, dass Sport Vaters Revolution ist. Als mein anderer Großvater, ein Arzt, der vor meiner Geburt starb, von der Fußballleidenschaft meines Vaters erfahren hatte, verbot er ihm das nicht standesgemäße Spiel. Vater trickste ihn aus und spielte unter einem falschen Namen im Fußballklub. Dieser Großvater war klein und rund und beim Drehen der Kreise auf dem Korso rauchte er eine Pfeife – so sieht er auf einem Foto aus. Von Sport hielt er nichts, sagt Großmutter, und ist mit ihm einverstanden. Er besuchte Kranke in einem schwarzen Auto, das zu den Ersten in der Stadt gehörte. Man erzählt sich, dass er ein Mensch war, mit dem niemand warm wurde. Im Keller finde ich ein abgegriffenes Arztköfferchen mit einem Stethoskop drin, lege das kühle Metall ans Herz und horche in mich hinein.

Vater würde nie in sich hineinhorchen und ruhig sitzen. Er geht nicht durch die Wohnung, er eilt im Kreis herum, stürzt endlich hinaus, um den Tennisbällen nachzujagen. Vater und Mutter beeilen sich, sind wütend auf die Zeit, die ihnen nicht gehorcht. Mutter macht hastige, ruckartige Bewegungen an der Strickmaschine, steht abrupt auf, zieht mir zur Probe Pullover um Pullover über und zupft an mir wie an einer Schaufensterpuppe herum: Mach schnell, komm schon. Wir würden verhungern, wenn ich so herumtrödeln würde wie du, und zieht mir ihre halbfertigen Kunstwerke wieder aus. Ich bin ihr zu langsam, ich komme nicht nach. Ich bin befreundet mit meiner Zeit, sie läuft mir nicht davon. Wenn Großmutter Hennendreck aufliest, um ihn ihren Lieblingsbegonien zu schenken, kennt sie nur ein Ziel: den getrockneten Kot am Boden, zu dem sie sich langsam hinbeugt und mit dem sie sich seufzend wieder aufrichtet. Mutter findet diese allabendlichen Gänge entwürdigend für die ganze Familie. Ich finde wiederum, wenn die dünne Gestalt sich bückend durch den Hof geht, sieht es würdevoll aus – als würde Großmutter zu einem fremden Gott beten.

Gut, dass es den selbstgestrickten Humor gibt. In der Hauptstadt erscheint eine farbige Wochenzeitschrift mit Witzen, Karikaturen und lustigen Geschichten. Sollte es mir nicht gelingen, als Heldin oder Piratin zu arbeiten, will ich dort Chefredakteurin werden. Witze machen über andere ist wie Schiffe überfallen und sich dann vor dem Hinrichtungskommando die Augenbinde abreißen. Obwohl Vater nicht witzig ist, liest er am Sonntagmittag mit mir das Witzblatt. Wir liegen zu zweit auf dem Sofa im Wohnzimmer, wo man nur am Sonntag liegen darf. Da Vater nie weiß, wie alt ich bin und in welche Klasse ich gehe, sage ich ihm, welche Witze ich noch nicht verstehe. Er erklärt sie mir, und egal, ob ich sie dann verstehe oder nicht, lache ich. Es ist angebracht, bei Witzen zu lachen, und es gefällt mir, dass es eine Gelegenheit in unserem Leben gibt, bei der es angebracht ist zu lachen, wenn auch kurz. Das Witzblatt prangert die Gemeinheit der Politiker unserer Feinde an und die Dummheit unbewusster Proletarier. Witze mit Sträflingen im gestreiften Pyjama überspringen wir. Am witzigsten sind Witze über schwache und liebenswerte Menschen wie wir. Beim Witzblattlesen mit meinem Vater vergesse ich, dass er nichts von mir weiß, und dass das Witzblattlesen und das Spatzenschießen die einzigen Beschäftigungen sind, die wir gemeinsam tun.

Wenn wir an einem Sommersonntag ins Kurbad gehen, spielt er dort Tennis, Mutter sitzt mit Hut und Sonnenbrille im Café und raucht, und ich rudere um eine Insel in einem kleinen See voller Schwäne. Im Parkrestaurant, wo eine Kapelle spielt, bestelle ich Palatschinken und ein Glas Wasser, immer dasselbe. Vater gibt dem Kellner Trinkgeld und dieser verbeugt sich mehrmals und entfernt sich rückwärts gehend, woran Mama erkennt, dass das Trinkgeld zu hoch war. Sie ärgert sich und nennt den Vater einen Hochstapler – das muss etwas unerlaubt Hohes sein. Seit sie im Gefängnis sitzt, gehen wir nicht mehr ins Kurbad. Vater fährt von den Brücken im Ersteklassewagen nach Hause und gibt dafür viel Geld aus, aber Mutter kann ihn nicht ausschimpfen. Vielleicht lächelt er während der Fahrt in einem bequemen Sessel, wie er beim Trinkgeldgeben lächelt.

Es ist eine bürgerliche Unsitte, Trinkgeld zu geben, unsere Kameraden Kellner haben angemessene Proletarierlöhne und trotzdem sind sie zufrieden, wenn Vater sie mit Almosen beleidigt. Vater hat noch nie einen Gedanken geäußert, den ich mir unbedingt merken will, aber seine flüssige Geste beim Trinkgeldgeben will ich mir merken. Ich übe sie zu Hause, ich habe nämlich vor, später meine Palatschinken und ein Glas Wasser selber zu bezahlen und unseren Kellnern verbotene Freuden zu bereiten.

Wenn Mutter sich über Vater ärgert und beweisen will, wie verachtenswert er ist, sagt sie: Er hat keinen einzigen Freund. Zum Vater kommt nie jemand, der ihn umarmt, ihm in die Augen schaut und ihm Gutes will. Ab und zu besuchen ihn Männer, denen ein Prozess bevorsteht, dann redet er laut und lange, sein Hals wird rot, er erteilt Ratschläge wie Tennisschläge: Schaffen Sie einen Präzedenzfall! Die Ratsuchenden ducken sich, nicken: Danke, Herr Doktor. Einmal sagt Vater einem älteren Tennispieler am Restauranttisch, dass es unter Proletariern auch gute Menschen gebe. Er spricht leise, und ich horche auf. Er erzählt etwas, wovon man in unserer Familie nie spricht: Gestern hat mir ein Arbeiter gesagt, dieser Stein ist zu schwer für dich, lass ihn mich tragen, ich bin es gewohnt. Auf einmal liebe ich meinen Vater und warte, dass er erzählt, wie auch er auf den Brücken jemandem geholfen hat, er aber packt seinen Tennisschläger und an diesem Sonntagnachmittag schleudert er besonders harte Bälle, schreit und gewinnt.

Ich passe nicht in diese Familie, egal, wie viele gemeinsame Gene wir auch haben. Ich habe schwarze Haare, am Kopf, an den Beinen und Unterarmen und auf dem Rücken. Mama, die blond ist, zeigt der Schneiderin aufgeregt meinen Rücken, doch diese sagt ruhig: Das vergeht, ich hatte als Kind auch Zotteln. Ich weiß nicht, ob die Zotteln bis Sommer verschwinden – wie soll ich ins Schwimmbad gehen? Letzten Sommer sah ich einen Mann, dessen lange Zotteln hinter ihm herschwammen. Ich habe Zotteln, weil meine Lieblingsverwandten die Urmenschen sind. Wenn man jemanden gern hat, wird man ihm ähnlich. Meine Lieblingsverwandten helfen mir, wie es sich für Verwandte gehört. Wenn Großmutter mir etwas befiehlt, frage ich: Warum soll ich es tun?, und sie sagt: Das muss so sein, so wurde es seit Urururzeiten gemacht. Doch ich widerspreche: Die Urmenschen haben es nicht so gemacht, und schon sind Familiengebote als Aberglaube entlarvt.

Großmutter hat es beim Pfarrer gelernt, der jeden Sonntag die Messe mit Unsinn beendet, und die ganze Kirche murmelt es nach: So wie es am Anfang der Welt war, so soll es bleiben, jetzt und in alle Ewigkeit. Die Urmenschen waren die urururersten Revolutionäre, noch bevor es überhaupt Revolutionen gab. Kameradin Lehrerin sagt, die Urmenschen kannten keine Klassenunterschiede, daher sind sie unser Vorbild. Sie fürchteten nicht das Urteil anderer wie Großmutter, die flüstert: Aber was werden die Leute dazu sagen! Sie konnten sich nicht um solchen Kleinkram kümmern, vor ihrer Höhle lauerten ihnen Bären und Mammuts auf. Ich mache Verwandtschaftsbesuche in unserem Museum, wo drei Mammutzähne liegen, jeder so groß wie mein Kopf. Sie wurden im Boden unter der Stadt gefunden, zusammen mit den Steinwerkzeugen der Mammutjäger. Wenn ich die gelben Mammutzähne und die geschliffenen Steine und Krallen in der Museumsvitrine betrachte, höre ich Mammutgebrüll und Urmenschengeschrei, die Erde dröhnt unter meinen Füßen. Das sind meine Zottelahnen, die mir Mammutkräfte schicken.

Meine andere Grossmutter, die wir Großvaters-Großmutter nennen, liegt im Negligé auf dem Sofa in Großvaters Küche, liest Traumbücher in einer fremden Sprache, und wenn ich komme, bittet sie mich: Erzähl mir deine Träume. Als Großvater jung war, ging er wie der Held Janko in die Welt und kam in eine große Stadt. Dort gab es die Sprache unserer Unterdrücker. Großvaters-Großmutter lebte dort und Großvater begriff, dass sie es war, die er in der Welt gesucht hatte. Er war ein fescher Mann mit Schnauz und Adlernase und sie folgte ihm in unser Städtchen. Seitdem liegt sie auf dem Sofa, und wenn man sie fragt, ob sie reisen möchte, antwortet sie: Baum bleibt Baum, Haus bleibt Haus, Land bleibt Land, und steht nicht auf. Andere Frauen rennen umher, sorgen sich und werden von ihren Männern angeschnauzt, aber Großvaters-Großmutter muss nichts tun und wird geliebt. Großvater streichelt ihre dicken Arme im Negligé und sagt: Du bist die beste Frau auf der Welt, und sie spottet: Ach, du alter Esel. Solche Worte machen dem Großvater nichts aus, er ist zufrieden, dass ihr großer Körper in seiner Nähe bleibt. Wenn sie aufstehen will, ruft er: Nein, nein, lass, ich mache das schon. Und so liegt sie, isst Speck mit Schokolade und deutet Träume. Gut wäre, wenn du viel Kacke im Traum sehen würdest, ermutigt sie mich, dann würdest du viel Geld kriegen. Einmal träume ich, dass Großvaters Haus voll flüssiger Kacke ist, und als ich es ihr berichte, freut sie sich für mich.

Großvaters-Großmutter geht nie in die Kirche, schert sich nicht um Tratsch und belehrt mich nicht. Sie lebt auf ihrem durchhängenden Sofa für sich. Im Schlafzimmer unter dem Ehebett steht ein Nachttopf. Großvater leert ihn jeden Morgen und trotzdem riecht es dort nach menschlichen Bedürfnissen, aber das stört niemanden. Großvaters-Großmutter geht alleine ins Kino, wenn ein neuer Film in die Stadt kommt, während Großvater hämmert, biegt und Metall richtet, er ist Schlosser und öffnet jedes Schloss. Meine Großeltern sprechen zusammen in der Sprache der Großvaters-Großmutter. Ich höre zu und verstehe nichts, aber das ist bloß mein Kopf, der nichts versteht, der Körper hat diese Sprache eingesogen, sie lebt in mir, sie ist bloß so faul wie Großvaters-Großmutter und klettert nicht hoch bis in den Kopf. Sie wälzt sich im Bauch, ich habe sie gern und warte, dass sie jeden Augenblick aus dem Bauch herausspringt. Dann werde ich die fremde Sprache umarmen und ihre Träume verstehen.

Über dem Ehebett der Großeltern hängt ein Foto unseres großen Dichters mit einer Fliege um den Hals. Seine Ode: ›Ich grüße euch, Wälder und Berge‹ kann ich auswendig und rezitiere sie im Wald. Großvaters-Großmutter kann kein Gedicht in unserer Sprache auswendig. Doch der Dichter ist eine Berühmtheit, ihn anstelle von Jesus und Maria dort hängen zu lassen ist keine schlechte Idee und auch nicht verboten. Der Dichter schrieb zuerst Gedichte in der Sprache unserer Unterdrücker, bis er sich auf die

Sprache seiner leiblichen Mutter besann. Er war wie von Sinnen von der wieder entdeckten Muttersprache, stürzte sich in sie hinein, trunken von der Heimkehr erfand er neue Worte, benannte um, was ihm in den Weg kam, sogar den eigenen Namen. Auch ich will später auf einem eigens geknüpften Wortseil Pirouetten drehen.

Wenn Großvater Radio hört, verändert er sich. Er wird gläubig, presst das Ohr an den großen braunen Kasten, glaubt den fernen Stimmen aus dem Land hinter dem Meer – gerupft vom Wind werden sie in tosenden Wellen in seine Küche gespült, füllen sie mit Rauschen. Eine Urgewalt zerreißt die Sätze, schenkt den Anfang und verweigert das Ende. Diese Worte, die unsere Störantennen nicht ganz zu zerstören vermögen, sind wie rosarote Zuckerwatte, zum wohligen Ablecken mit geschlossenen Augen. Großvater ruft unwirsch: Mach die Tür zu! Er spielt ein verbotenes Spiel, mutmaßend setzt er die fehlenden Teile im Kopf zusammen und auf dem Korso spricht er darüber hinter vorgehaltener Hand mit Männern mit Hüten. Es sind unsere emigrierten Landsleute, die uns aus dem Kasten erzählen, was bei uns geschieht, und vor jeder Nachricht rufen sie, sie seien frei. Warum wissen sie mehr über uns als wir, und warum sollen ihre zerschundenen Worte wahrer sein als die, die in der Zeitung *Die Wahrheit* abgedruckt werden? Ist die Wahrheit nicht in der *Wahrheit*, sondern in der Freiheit? Die Männer auf dem Platz heben leicht ihre Hüte, wenn sie sich begegnen, und schon gehen sie weiter und die Hüte hüten die zusammengesetzten Sätze in ihren Köpfen.

Als ich noch nicht lesen konnte, kam es im Land der Großvaters-Großmutter zu einem Aufstand. Bei uns zu Hause gestikulierten die Erwachsenen wild und redeten in der Sprache der Großvaters-Großmutter, damit wir Kinder nichts verstehen. Die Wandzeitung in einer Vitrine neben der Post wurde belagert von Menschen, die still davor standen. Auch Großvater ging täglich hin und starrte auf die Fotos, auf denen Leichenberge auf den Straßen lagen und Gehängte an den Galgen hingen. Man konnte keine Gesichter erkennen, die Toten waren eine dunkle, ineinander verschmolzene Masse, nur die Gesichter waren hell, aber leer. An den Hälsen der Gehängten hingen Tafeln, auf denen etwas geschrieben stand. Großvater hielt das Schweigen nicht mehr aus und flüsterte mir zu: Siehst du, diese Gehängten sind gut, aber die anderen sind böse. Wie konnte er die guten Gehängten von den bösen unterscheiden? Ich fühlte kein Grauen, bloß Neugier und saugte mich mit den Augen an den Gestalten mit geknickten Nacken und baumelnden Armen fest. Ich wartete, dass sich die bösen Gehenkten auf die guten stürzen würden, aber nichts geschah. Auf dem Nachhauseweg weinte Großvater. Alte Männer kamen uns entgegen und grüßten ihn, und er schämte sich nicht, der einzige weinende Mann in der Stadt zu sein. Männer dürfen spucken, aber nicht weinen, nur Großvater spuckt nicht, dafür lässt er seine Tränen fließen, wenn die Kreatur, groß oder klein, tierisch oder menschlich, eingesperrt wird und er ihr mit seinem Schlosserwerkzeug nicht helfen kann. Er konnte die guten Gehängten aus der Vitrine nicht befreien, und schon bald hingen darin wieder die üblichen lachenden Gesichter der Traktoristen und der Melkerinnen, die sich darüber freuen, dass ihre Felder und Kühe in den volkseigenen Betrieben vereint sind.

Früher, lernen wir in der Schule, waren unsere Männer Soldaten, die sich für fremde Herren töten ließen, oder sie blieben im Wald und wurden Holzfäller. Als man den Wald ringsum gerodet hatte, kam die Not übers Landvolk und so wanderten unsere Männer in fremde Wälder aus, bis auch dort die Not über sie kam, und sie wanderten sogar hinters Meer, mit der Axt im ärmlichen Gepäck. Arme Schlucker seien sie gewesen, aber tapfer. Wir erfahren weder, wen unsere Soldaten in den fremden Diensten getötet hatten, bevor sie selbst umkamen, noch, dass die Holzfäller stolze Bäume fällten und ihnen die Äste abschlugen, wie wir den Hähnen Flügel und Schenkel abschneiden. Einmal hören wir im Wald Traktorenlärm und Großvater schimpft über die ständige Holzfällerei, doch als wir näher kommen, sehen wir, dass auf dem Traktoranhänger, wo sich sonst Baumstämme auftürmen, ein verletzter Holzfäller liegt, an seinem Hinterkopf klafft eine blutende Wunde. Er wird in die Stadt hinuntergefahren und Großvater ärgert sich nicht mehr über den Traktorenlärm, obwohl dieser derselbe ist wie vorher. Er sagt: Rettet der Lärm jemanden, ist es ein guter Lärm. Es ist wie mit der Revolution, sie war laut, aber sie rettete arme Schlucker. Daher störte sie niemanden, nur bürgerliche Elemente wie meinen Vater.

Das Lieblingswort meiner Mutter ist Brillant. Ich schenke dir zum Abitur und zur Hochzeit einen Brillantring, verspricht sie. Sie selbst hat drei goldene Ringe mit großen, in Regenbogenfarben funkelnden Brillanten und sie betrachtet sie entzückt und meint, ich müsse es auch. Ich ziehe aber den Regenbogen nach einem Regenguss und den Glanz der Regenwürmer vor. Mutter fühlt sich dank dem ausländischen Wort Brillant und dem dazugehörigen Begriff Karat als ein feingeschliffenes, hochkarätiges Wesen, einfach brillant. Ehemalige Ausbeuter, die Brillanten besaßen, ziehen sie an. Vater trägt keinen Brillantring, sondern einen Tennisschläger. Tennis war aber früher der Sport für Söhne von Brillantträgerinnen. Vater will, dass ich einen kurzen weißen Rock anziehe, damit alle meine Tennisbeine bewundern, das heißt seine, denn ich habe sie von ihm geerbt, erzählt er stolz herum. Wenn ich auf einem eingezäunten roten Feld den Ball treffen soll, werde ich träge, der Tennisschläger ist schwer, die Sonne brennt und Vater schreit: Mit der rechten, mit der rechten, was machst du bloß? Da kommen mir die Tränen. Tennisschläger und Brillanten bringen nur Unglück. Bevor Mutter verreist, drückt sie eine Menge Brillanten in Cremedöschen hinein, bekommt einen Lachanfall, als habe sie eine ganze Flasche Eierkognak getrunken, und sagt verschmitzt: Ich bringe die Brillanten heimlich über die Grenze, verkaufe sie dort und bezahle die Überfahrt ans andere Meeresufer. Dann hole ich euch ab, wir schiffen uns ein und … Wenn ich groß bin, knacke ich Mamas Brillantringe mit Großvaters Zange, biege sie auseinander. Sie sollen sich nicht in meine Finger eindrücken, sie sollen in der untersten Schublade im Dunkeln liegen bleiben.

Mutter achtet auf Kleidung, Farben und Körperformen und redet von regelmäßigen und unregelmäßigen Gesichtszügen wie andere Frauen vom Gebäck. Meine Freundinnen teilt sie in Schöne und Unschöne und in Noch-Unschöne ein, die später schön werden würden. Sieht sie mich mit einer neuen Freundin, schon befürchte ich ein gnadenloses Urteil. Ist für sie meine Freundin nicht schön, bemitleidet sie mich, dass ich auf eine hässliche Freundin angewiesen bin. Sie will, dass ich jetzt schon zu den Schönen gehöre, und packt mich in Rot ein, tritt ein paar Schritte zurück, weidet sich an mir, klatscht in die Hände, als wäre ein Feiertag mit gehissten roten Fahnen, und sagt: Rot steht dir wie Arsch auf Nachttopf. Das heißt: sehr gut. Sie strickt für mich rote Blitzpullover, rote Mützen und lässt mir bei der Schneiderin einen kurzen roten Mantel nähen. Auch meine modernen Halbschuhe, die vorne spitz und hinten rund sind und daher Schiffchen heißen, sind rot. All das Rot treibt mir Röte ins Gesicht. Mama trägt am liebsten Türkis, Blau und Grün, ich aber soll glühen. Ich will im Schwarz verschwinden, will den Trauernden gleichen, deren Beine jahrelang schwarz schimmern. Eine Frau, die in Schwarz geht, hat es gut, man ist nachsichtig mit ihr, redet ihr ermutigende Worte zu, am respektvollen Schwarz prallt Spott und Klatsch ab. Wer am frischen Grab weinen darf, den hat der Tod mit seinem schonenden Schwarz umhüllt, der ist jenseits der Farben. Aber Kinder dürfen nicht Schwarz tragen, Kinder dürfen nicht traurig sein, sie sind den glühendsten Farben ausgesetzt.

Manchmal steht Mutter von der Strickmaschine auf, lässt den unfertigen Pullover hängen, stellt sich vor mich hin und rezitiert Gedichte. Ihre Stimme tanzt aus dem roten Mund heraus, das Tor aus starken, weißen Zähnen öffnet sich, die Arme gestikulieren, als packten sie Verse und würfen sie in die Welt hinaus, und die große Brust holt Atem für immer neue Gedichte. Diese Momente sind ungeheure Pausen in einem ständigen Lauf um neue Ziele, so dass ich befürchte, sie könnten verboten werden. Ich schaue aus meiner Tiefe empor zur Mutter und dem poetischen

Wort und begreife, dass Gedichte ein Ereignis sind. Seit sie weg ist, leben wir ohne Ereignisse. Ich suche die Sprache, in der sie verfasst sind. Es ist die Sprache unseres Brudervolkes, mit dem wir in einem Land zusammenleben. Sie ist unserer Sprache am nächsten, doch zu einem Drittel ist sie anders, sie geht um mich herum und bei jedem dritten Schritt versinkt sie in einem unbekannten Loch. Die Poesie hat Mamas lange Arme und gerade Zähne und besteht aus einem Drittel Unbekanntem.

Höre ich das Wort Brudervolk, stelle ich mir ein Volk vor, das aus meinem Bruder besteht, in einer mehrfachen Millionenausgabe. Mutter mag das Brudervolk. Es sei witziger als wir, und sie findet es gut, mit jemandem zusammenzuleben, für den das Leben *gombička* ist, das heißt Knöpfchen. Ist die Welt *gombička,* trägt man sie angenäht an der Brust und braucht nur am Mantelknopf zu drehen, schon gelingt alles. Vater schimpft über das Brudervolk: Jeder dortige Versager kommt zu uns, um hier Direktor zu werden, und wir sind Untergebene im eigenen Land! Kameradin Lehrerin stammt vom Brudervolk ab, aber sie ist weder witzig noch eine Versagerin. Sie hat Kulleraugen und eine Hakennase und wir gaben ihr den Spitznamen Eule. Einmal spricht in der Bibliothek ein Mann laut in der Sprache des Brudervolkes, ohne sich zu bemühen, sich dem singenden Tonfall unserer Sprache anzupassen, und alle in der Bibliothek schauen auf. Es klingt unhöflich und kühn. Seitdem leihe ich mir Bücher nur in der Sprache des Brudervolkes aus und lese zu Hause daraus laut vor. Dabei stellen sich mir Zotteln am ganzen Körper auf.

Falls es unumgänglich sein sollte, dass ich heirate, falls mich sogar Großvater darum bitten sollte, was unmöglich ist, doch falls das Unmögliche geschehen und er sagen sollte: Janka, ich flehe dich an, heirate endlich, dann würde ich einen Mann mit der Brudervolkssprache heiraten. Darin gibt es den Vokativ, den unsere Sprache für die Anrede Gottes und seines Sohnes reserviert hat, so feierlich ist nämlich der Vokativ, aber unser Brudervolk kennt kein Pathos, sagt Mama, es ruft alle im Vokativ zu sich. Wenn ich krank bin und Zeit zum Träumen habe, höre ich meinen zukünftigen Mann im Vokativ und ohne Pathos rufen: Jano, Jano, wo gehst du hin, bleib bei mir, Jano. Das klingt weiblich und männlich zugleich. Und ich rufe meinen Mann ebenfalls mit einer O-Endung zu mir. Wir sind Frau und Mann, doch am Ende sind wir gleich und unsere Welt ist *gombička*. Mutter sagt, die Männer des Brudervolkes bügeln Hemden, kochen, spülen Geschirr ab und auf dem Korso schieben sie scharenweise Kinderwagen vor sich her. Das glaube ich allerdings nicht.

Meine jüngere Kusine ist eine Halbwaise. Ich erinnere mich, als meine Tante, die Schwester meiner Mutter, sie schlafend in Großvaters Haus trug und alleine wegging, um zu sterben. Ihr Blut hatte etwas zu viel oder zu wenig, und sie starb am Zuviel oder Zuwenig. Eine Waise zu sein hat Nach- und ein paar Vorteile. Wenn wir Verstecken spielen und die Kusine an der Reihe ist, das Gesicht an die Garagenwand zu drücken und bis dreißig zu zählen, erinnert sie sich daran, dass sie eine Waise ist. Als Anführerin sorge ich für Gerechtigkeit und verlange, dass sie, Waise hin oder her, das Gesicht an die Wand drückt und zählt. Sie rennt weinend aus dem Hof, rennt über die Straße, rennt in Großvaters niedriges Haus, das jetzt auch ihr Haus ist. Großvater kommt mit ihr zurück und ermahnt mich, Mitgefühl zu haben mit einer Waisen. Er stellt das Mitgefühl über die Gerechtigkeit. Und so spielen wir weiter Verstecken mit meiner Kusine, aber wenn sie gefunden wird, muss sie ihr Gesicht nicht an die Wand drücken, sie darf sich verstecken bis in alle Ewigkeit. Wir alle sind gleich vor den Regeln, nur sie ist eine Waise. Ich dulde das Sonderrecht, obwohl es ein schlechtes Recht ist. Ich tue es nicht aus Mitgefühl. Das Versteckspiel macht uns keine Freude mehr, aber ich spiele lieber ohne Freude, als dass ich Großvater Kummer bereite.

Ich weiß nicht, ob die Kusine sich an ihre Mutter erinnert, und sie weiß nicht, dass ich mich an sie erinnere. Über Dinge, die in der Seele weh tun, unterhalten wir uns nicht und vergießen darüber keine Träne. Es ist verzeihlicher, über kleine Schrammen zu weinen als über große Risse in der Seele. Die Kusine hat noch ihren Vater, der ist aber schlimmer als meiner. Wenn sie etwas anstellt, droht ihr Großvater, er schicke sie zu ihm zurück. Dann spurt sie wie ein Aufziehsoldat. Es sei eine Tragödie, dass ihre Schwester diesen Verrückten geheiratet habe, nur wegen seiner Schönheit, behauptet Mutter, die unseren Vater auch wegen seiner Schönheit geheiratet hat. Schönheit zählt bei uns mehr als Zuverlässigkeit und sogar mehr als Humor.

Eines Tages sehe ich den Vater meiner Kusine, er kommt aus der Hauptstadt zu Besuch. Er hat einen goldenen Zahn und wenn er lacht, glänzt der Zahn im Mund. Es ist Montag, aber er trägt einen schwarzen Anzug, als gehe er zum Begräbnis. Ich denke daran, dass er schon tot sein sollte. Mein Vetter hob nämlich an einem Nachmittag die Axt, mit der er vor dem Haus Holz spaltete, um seinem Vater den Kopf zu spalten. Seitdem ist sein eigener Kopf gespalten, und im Irrenhaus befestigen Ärzte Elektroden daran und jagen Strom durch ihn, damit sein Kopf durchgeschüttelt und wieder ganz werde. Ich glaube nicht, dass mein gespaltener Vetter durch das Schütteln verrückter Gedanken ganz werden kann. Wenn ich den elektrischen Zaun auf der Wiese berühre, bin ich nachher nicht ganzer. Im Irrenhaus irren sich die Ärzte.

Nachdem die Mutter der Kusine gestorben war, übernahm meine Mutter die Patenschaft für ihre Nichte, auch wenn sie diese nicht gern hat, sie sagt, das Mädchen sei bockig. Aber es spielt keine Rolle, wie sie ist, die Familie muss die Tote ersetzen. Und so strickt Mutter für ihre Nichte jeden Winter einen Pullover, das heißt strickte, als sie noch da war. Meine verschwundene Mutter wird nicht ersetzt. Dafür haben wir kein Vorbild und keine Sprache. Ich bin kein Waisenkind, obwohl ich keine Mutter habe, ich genieße nicht die wenigen Vorteile einer Waisen. Im Umgang mit Waisen gibt es feste Regeln, doch nicht im Umgang mit einem Kind, dessen Mutter im Gefängnis ist. Mir streichelt niemand mitleidig übers Haar und seufzt: Arme Waise. Das Gefängnis verschluckt die Menschen und schließt die Zellentüren auch zu den Erinnerungen in unseren Köpfen ab. Das Hämmern an die Türen ist verboten. Wenn ich auf dem Korso schreien würde: Wo ist Mama? Wann kommt sie zurück? Warum habt ihr sie eingesperrt?, würde man mich mit Elektroschocks ganz und still machen. Lieber erzähle ich, dass ich auf dem Korso Löwen gesehen habe.

Mein Lieblingsgedicht ist das Poem vom Sturmvogel. Der Sturmvogel freut sich über das nahende Gewitter, er ruft: Soll der Sturm stärker werden, soll er losbrechen, während andere kleine Vögel ängstlich tschwirieken und sich verstecken. Dieser Sturm ist die Große Revolution, die der Dichter begrüßte, erklärt uns Kameradin Lehrerin. Im Sommer gibt es bei uns viele Revolutionen. Wenn sich Wolken wie Proletarier zu einer dunklen Masse versammeln, rufe ich aus dem Küchenfenster: Soll der Sturm stärker werden, soll er losbrechen, und er erhört mich, es blitzt und donnert, eine tosende Kaskade entfesselt sich, große Tropfen verschmelzen zu Güssen, und ich begreife, warum Dichter Revolutionen begrüßen.

Großmutter fürchtet sich vor dem Sturm. Als sie klein war, gab es kaum Blitzableiter und die elektrische Entladung setzte Häuser in Brand. Auf unserem Dach steht ein Blitzableiter, der die Kraft vom Himmel in die Erde leitet. Blitze sind wie Elektroschocks für die Erde, aber die Erde ist nicht schwach wie mein Vetter, sie hält es aus, sie speichert Strom in sich und verwandelt ihn in Energie. Bei jedem Schritt gibt sie mir davon ab, ich knipse den Schalter in mir an, schon bin ich offen für den Stromkreis. Ich habe herausgefunden, dass mein Schalter zwischen Herz und Magen liegt. Brauche ich Kraft, senke ich den Kopf zum Schalter hin, wie die Hennen es tun, die ihre Köpfe unter die Flügel stecken und so tun, als schliefen sie. Dabei docken sie sich an den großen Strom an, der überall durchfließt. Wenn mein gespaltener Vetter es so machen würde, könnte er wieder ganz werden. Aber je mehr Strom man vom Wasserkraftwerk erhält, umso schwieriger wird es, den eigenen Schalter unterhalb des Herzens ausfindig zu machen.

Bei uns verehrt man Wasserkraftwerke wie früher Kirchen und Kameradin Lehrerin sagt, bald würden wir ein Atomkraftwerk haben oder zwei. Unser Feind hat schon ein Atomkraftwerk gebaut und wir müssen ihn überholen. Das feindliche Atomkraftwerk war in der *Wahrheit* abgebildet und ich sah, dass der Stromgott in einem hohen Turm wohnt, sein weißer Rauchbart richtet sich gegen den Himmel. Unser Land braucht immer mehr Strom, ein dunkles Dorf nach dem anderen wird erleuchtet. Es soll nicht mehr dunkel werden bei uns, keine dunkle Unwissenheit und kein dunkles Dorf darf es geben. Wir achten den Strom, er lässt unser Leben im Licht der Wahrheit erscheinen. Im Irrenhaus vergeudet man ihn an Elektroschocks, man elektrifiziert Gehirne, als wären sie Bergdörfer, und führt die Verrückten zum leuchtenden Fortschritt.

Grossmutter lobt Vater dafür, dass er die Putzfrau, die das Treppenhaus putzt, grüßt, das sei edel von ihm. Sie sagt, früher haben bürgerliche Elemente die über Eimer gebeugten Mägde nicht gegrüßt, sie taten arrogant, um nicht zu verraten, dass sie die Landmädchen nachts geknutscht hatten. Großmutter hat keine Ahnung vom Wandel der Zeit, dass nämlich seliger Kamerad Revolutionsführer verkündet hat: Putzfrau soll Präsidentin werden! Wenn Vater zu der Frau neben seinen Schuhen Guten Tag sagt, tut er es nicht aus edlen Gründen, er beugt bloß vor. Was, wenn eines Tages unsere Putzfrau über uns herrschen sollte und sich erinnern würde, wie Vater seine Spuren auf den nassen Steintreppen grußlos hinterlassen hat? Ich erzähle es der

Kusine, aber sie weiß es besser: Nicht Kameradin Putzfrau soll bald Präsidentin werden, sondern unsere Köchin aus der Schulkantine!

Proletariern sei Dank müssen wir uns bei Schulaufsätzen nicht ums Ende kümmern und aus Verzweiflung ein schlechtes hinschreiben. Jeder Aufsatz muss mit dem Vorsatz enden: Ich werde für die Vervollkommnung der klassenlosen Gesellschaft lernen und arbeiten. Die Amtsschreiben müssen friedvoll sein. Für dauerhaften Frieden, steht auf dem Befehl, der den Vater dauerhaft zum Brückenbau abkommandiert. Früher duckte man sich vor den Adressaten, indem man ihnen Hochachtung bezeugte, heutzutage sind wir alle gleich und brauchen niemanden zu achten. Wir ziehen fest am selben Strick und daraus ergibt sich der gespannte Weltfrieden. Für die Schulaktivitäten müssen wir uns ein rotes Halstuch umbinden, wir sind Pioniere und erst dann sind wir Helenka oder Mirko. Wir sind Bahnbrecher, die erste Generation der neuen, humanen Zeitrechnung. Ich möchte das rote gebügelte Geschenk des Staates überall tragen, auch beim Schlittschuhlaufen und Versteckspielen, doch die anderen Kinder würden mich verspotten. So bleibe ich halstuchlos wie alle anderen, aber in meiner Brust schlägt das Herz des Sturmvogels.

Als Kind eines bürgerlichen Elements muss ich Klavier spielen. Es ist eine Sitte, die von Generation zu Generation weitergegeben wird, auch wenn jetzt die Klavierfinger bürgerlicher Elemente vom Brückenbau verhornt sind. Wir spielen unermüdlich Klavier, obwohl Mama im Knast sitzt und es den ohrenbetäubenden Knall der Großen Revolution gab. Das Proletarierlied lerne ich nicht spielen. In der Musikschule sind die gepolsterten Türen schalldicht, die

Lieder können nicht hinausgehen und Massen begeistern. Unsere Klavierlehrerin ist alt, sie will nicht Kameradin genannt werden und schlägt den kleinen bürgerlichen Elementen auf die Finger, damit diese sich spreizen. Und sie spreizen sich, aber Musik kommt dabei nicht heraus. Den Hofkindern kann ich das Klavierspiel nicht vorführen, das Klavier steht im Wohnzimmer, wo fremde Kinder nicht hinein dürfen. Es ist eine Musik für die Großmutter, die andächtig in der Ecke sitzt.

Manchmal, wenn alle weg sind, komponiere ich, suche nach eigenen Melodien, horche, probiere aus, welcher Ton sich mit welchem anfreundet. Ein hoher mit einem tiefen? Ein mittelhoher mit einer Kaskade aus kurzen, hohen Tönen? Ich taste mich auf der weißen Tastatur vor wie in einer unentdeckten Schneelandschaft, gezogen von weißen Polarhunden, wage mich auf die schwarzen Tasten hoch wie auf kahle verbrannte Tropenhügel, drücke mal weiß, mal schwarz, mal kurz, mal lang und notiere die Schritte der Expeditionen Note für Note in ein Geheimheft. Mein musikalisches Tagebuch liest niemand. Ich habe festgestellt, dass Dinge, die nur mich interessieren, von einer Schutzschicht umhüllt sind. Es gibt Geheimcodes, Geheimsprachen, es gibt ein geheimes Leben und feine Verbindungen zwischen den Eisbergen und den von der Sonne verkohlten Savannenhügeln, es gibt Melodien, die darauf warten, Welten zu verbinden, schwarz mit weiß, hoch mit tief oder mitteltief mit mittelhoch.

In der Musikschule sehe ich durch eine halboffene Tür ein größeres Mädchen Opernarien singen. Sie steht mit dem Rücken zum Flügel, hält sich verkrampft mit beiden Händen daran fest, als drohe sie im eigenen Gesang unterzugehen oder von ihm davongetragen zu werden. Der ganze Körper strengt sich an, um daraus die eingesperrte Stimme zu befreien. Ihr Körper ist nicht mehr ihr Körper, er ist Werkzeug und Gefäß für die Stimme. Und das Unmögliche gelingt – die Stimme fliegt hinaus wie ein aufgescheuchter Habicht. Ich bewundere die Sängerin maßlos und möchte es ihr gleich tun, doch es braucht viel Übung und eine geduldige Führung, bis der verstellte Weg in der Brust und im Hals sich öffnet. Später auf der Straße denke ich bei jedem Passanten, der mir entgegenkommt, an seine ungeborene Stimme, und es schmerzt mich, unter lauter Ungeborenen zu leben und selbst ungeboren zu bleiben.

Es ist schlimm, ein Haus zu besitzen, klagt Großmutter. Mal platzt die Wasserleitung im Keller oder die Dachrinne muss ausgewechselt werden, doch woher das Geld nehmen? Proletarierfamilien darf man die Miete nicht erhöhen. Es ist eine Errungenschaft unserer Gesellschaft, dass jeder das Recht hat, billig zu wohnen. Hinter dem Meer geben Proletarier ihren ganzen Lohn für den steigenden Mietzins aus und bleiben hungrig. Seit die Strickmaschine still steht, fehlt das Geld für so langweilige Gegenstände wie den Sockel unter der Waschmaschine und so verkauft Vater das Klavier. Es ist ein sonniger Tag. Vier Proletarier kommen, Großmutter schenkt ihnen Schnaps ein, sie kippen ihn in sich, schütteln sich kurz und schleppen den großen schwarzen Flügel ab, der auf drei Beinen im Wohnzimmer stand. In der Leere zwischen den Vitrinen mit den Kristallgläsern samt Büchern und Vaters Schreibtisch bleibt ein männlicher Geruch hängen wie ein Stück Wildnis.

Gott sieht es gerne, wenn zwischen dem irdischen und dem himmlischen Reich ein Stück Stoff liegt, als Grenzstein, denn seine Welt ist eine andere als unsere, sagt Großmutter und setzt sich für den Kirchgang einen schwarzen Hut auf. Ich trage ein kleines gemustertes Kopftuch, aber im Hof brauche ich keine Kopfbedeckung, dort brauche ich Gott nicht zu achten, dort sind über mir nur Spatzen. Als ein Mädchen aus der Parallelklasse bei einem Unfall stirbt, bekommen wir die Anweisung, uns vor dem Friedhof zu versammeln. Es ist mein erstes Begräbnis. Ich kenne die Tote nicht, sie liegt in einem kleinen, geschlossenen Sarg in der Friedhofskapelle. Dann steigen wir mit gesenkten und bedeckten Häuptern den Friedhofsweg hoch bis zum ausgehobenen Grab. Dort kniet die Mutter der Toten nieder und schreit auf eine unmenschliche Art, streckt die Arme abwechselnd zum Himmel und zur Erde. Sie ist eine Proletariermutter mit Kopftuch. Eine bürgerliche Mutter mit Hut wäre nicht so laut und würde nicht wagen, sich heftig zu bewegen. Unsere Proletarier sind frei, auch in der Trauer. Das Weinen ist ansteckend, es breitet sich von der Mutter aus und erfasst die gesamte Schülerschaft. Es ist schön, wie bei den Friedensmärschen, das gemeinsame Weinen nimmt mich auf, ich schluchze von ganzem Herzen und staune über die große Wassermenge, die mich verlässt. Seitdem, wenn unser Haus leer ist, stelle ich mir vor, ich sei auf einem Begräbnis, und binde mir ein Kopftuch um, weine drauf los, strecke die Arme zum Himmel und zur Erde und stoße Schreie aus wie ein unbekannter Vogel.

Mit Hut geht Großmutter aufrecht wie eine Herrin. Meine Freundinnen sagen, sie sei eine Dame. Zu Hause sitzt sie auf dem Stuhl, die Beine hoch in der Luft, die Wirbelsäule gerade, und liest Geschichten in dünnen Heftchen, weint heimlich, aber verliert dabei nicht die rechtwinklige Haltung. Die abgewetzten Hefte haben auf der Titelseite ein trauriges Frauengesicht neben einem brennenden Herrschaftshaus. Sie erzählen von Liebesgeschichten von früher, von unvereinbaren Welten, in denen es arme Mägde und bürgerliche Söhne gab, viel Verrat und keine Heirat. Großmutter erzählt mir das Drama der Romanhelden, das sich Heft für Heft gleicht. Sie seufzt, schneuzt sich, schüttelt den Kopf. Es ist merkwürdig, dass meine standhafte Großmutter sich so gehen lässt, das macht mich neugierig. Kein lebendiger Mensch löst bei ihr solch flüssige Güte aus. Wer hat die magischen Worte geschrieben, die das Unglück so beschreiben, dass es wahrer ist als unser Leben und wert, nacherzählt und beweint zu werden? Mutter lästert hinter dem Rücken der Großmutter: Lügen sind das und ein Beweis für die Dummheit der Leserin. Ich stehe dazwischen, schiebe den Spott weg und rühre die Heftchen nicht an. Ich weiß, dass auf mich andere Bücher warten.

Mutter hat eine Schwester, die einen unmöglichen Mann habe, munkelt man. Aber das ist nichts Besonderes, von den meisten Männern munkeln die Frauen, sie seien unmöglich. Der Onkel trägt einen blauen Monteuranzug und hat ein mürrisches Gesicht. Ich stelle mir vor, dass er in der Monteurhose eine große Zange trägt, mit der er auf einmal zuschlägt. Die Tante hat es sich zur Aufgabe gemacht, meine Mutter zu ersetzen. Einmal im Monat kommt sie auf ihrem Fahrrad, um mir wichtige Dinge mitzuteilen. So sagt sie im Flüsterton: Janka, wenn du eines Tages bluten solltest, erschrick nicht. Ich erschrecke mächtig, verstehe nicht, warum und woraus ich bluten sollte. Doch ich schweige, ein Mädchen soll nicht fragen. Die Tante flüstert weiter, das Bluten sei bei einem Mädchen normal und während des Blutens solle ich viel essen und mich wenig bewegen. Dann radelt sie zufrieden davon. Seitdem suche ich meinen Körper nach Wunden ab und fürchte mich, Blutflecken auf dem Boden zu hinterlassen. Das Bluten wird schon nicht normal sein, wenn die Tante darüber im Flüsterton spricht. In unserer Familie bedeutet Flüstern große Gefahr.

Im Viertel, wo die Tante wohnt, steht eine Kleiderfabrik, in deren Nähe Mutter aufgewachsen ist. Sieht eine Frau ständig die Kleiderfabrik und hört sie die Nähmaschinen rattern, näht sie nachher. Das nennt man Lernen durch Nachahmung. Mutter ist ein Opfer der Nachahmung – wenn sie nicht strickt, näht sie. Das Industrieviertel ist eine langweilige Gegend mit Reihenhäusern und ich gehe nur deshalb hin, weil die Tante und ihr unmöglicher Mann einen Fernseher haben. Da der Onkel Proletarier von Geburt ist, konnte er als einer der Ersten in der Stadt einen Fernseher erstehen. Ich habe schon vom Fernseher gehört, bin neugierig, ihn zu sehen. Er steht auf dem Schrank im verdunkelten Wohnzimmer, davor sitzen Nachbarn und schauen schweigend auf eine kleine Scheibe mit schwarzweiß springenden Flecken. Mir dämmert es, dass es nicht darum geht, was auf dem Schrank geschieht, die Revolution besteht darin, dass das Kino verkleinert wurde, um in miefige Stuben zwischen Schrank und Decke zu passen. Und ich dachte, Revolutionen müssten groß sein.

Das revolutionäre Gerät hat mich enttäuscht, wie auch die erste Banane von einer befreundeten Insel, die mehlig und fad schmeckt. Alle schwärmen von Bananen, aber wer hat schon welche gegessen? Auch das braune Getränk aus dem Feindesland ist in aller Munde, allerdings nur als ein Gerücht. Meine Klassenkameradin Boženka lädt mich zu ihr nach Hause ein, um es zu kosten. Es soll ein Ereignis werden. Sie wohnt mit ihrer großen Proletarierfamilie in zwei Zimmern. Der Vorname Boženka ist von unserem alten Gott abgeleitet und bedeutet die Göttliche, was man nicht denken würde, wenn man Boženka kennt. Wir stehen in ihrer Küche zusammengedrängt wie im Bus und nehmen nacheinander je einen Schluck aus der Flasche mit einem roten Aufkleber zu uns. Danach sollen wir das Gebräu loben. Alle Proletarier machen: Uuuhm, uuuhm.

Einmal begleite ich Mutter in den Friseurladen, sitze inmitten vom Ammoniak- und Wasserstoffperoxidduft und Föhndröhnen und langweile mich, während sie sich mit der Friseuse unterhält, als seien sie gute Freundinnen. Dann bedankt sich Mutter für ihre wiederhergestellte Schönheit, steckt der Friseuse Trinkgeld in die Schürzentasche, diese ziert sich ein wenig und alles ist, wie es sich für glückliche Menschen in Friedenszeiten gehört. Auf der Straße sagt Mutter: Die Friseuse ist eine Denunziantin. Sie sagt es gewöhnlich, als sagte sie: Die Friseuse hat einen Alkoholiker-Mann. Als ein Lastwagen Kohle bringt und ein Proletarier mit einem schwarz verschmierten Gesicht sie vor unserem Kellerfenster ablädt, gibt ihm Großmutter Trinkgeld. Seine Augen funkeln und er verbeugt sich auf eine unterwürfige Art aus vergangenen Zeiten: Danke, gnädige Frau. Von dem gar nicht stolzen Proletarier sagt Großmutter: Er dient der neuen Macht als Denunziant.

Während eines Hockeyspiels nennt der Kunsteisbahnverwalter meinen Vater Herr Doktor und Vater macht ein Witzchen, beide lachen und die gute Laune breitet sich über die Kunsteisbahn aus. Auf dem Heimweg zischt Vater: Dieses Schwein von Verwaltungsknecht ist ein Denunziant. Und Großvater warnt Mama vor unserer Schneiderin: Pass auf, was du sagst, sie ist eine Denunziantin. Mutter sagt beiläufig: Ich weiß. Als wir zu der Schneiderin kommen, grüße ich die Denunziantin nicht und Mutter schimpft mich aus: Janka, weißt du nicht, was man sagt? Also murmle ich: Küssdiehand, Tante, und die Denunziantin zieht mir einen neuen roten Mantel an, weidet sich an ihrem Werk und Mutter stupst mich an, damit ich mich bedanke. Ich gehorche wie immer und frage nicht: Werden Sie uns denunzieren, Sie Schwein?

Wo stehen die Denunzianten in der Schlange, vor welchem Schalter, um verdächtige Dinge zu melden? Und was geschieht mit den Denunzierten? Der Käfig, in dem man früher untreue Gattinnen und Diebe ausstellte, steht leer auf dem Platz des Großen Sieges. Es gibt aber einen anderen, unsichtbaren Käfig und alle müssen sich vorsehen. Ein großes Tier muss sich besonders vorsehen, ein großes Tier darf nicht in die Kirche gehen, wenn es weiterhin ein großes Tier bleiben will, sagt Großmutter. In der Kirche mischen sich Denunzianten unters Volk und schreiben auf, wer regelmäßig zu Gott betet. Ein großes Tier muss eine reine gottlose Weste haben. Aber Großmutter und ich, wir können ruhig in die Kirche gehen, wir sind kleine Tiere. Kleine Tiere dürfen an Großes glauben.

Unsere Kameraden Denunzianten sind liebenswürdige Menschen wie du und ich, es wäre grob, ihnen ins Gesicht zu schleudern: Denunziantenschwein, mach, dass du wegkommst, sonst breche ich dir alle Knochen! Die Leute würden den armen Denunzianten sofort in Schutz nehmen und über den Grobian den Kopf schütteln und ihn beruhigen: Ist schon gut, und der Denunziant würde dann den Grobian anzeigen. Daher ist es vernünftig, den Denunzianten zu danken, Trinkgeld zuzustecken und in der Windstille hinter ihrem Rücken Schwein zu murmeln. Aber vielleicht ist weder die Friseuse noch die Schneiderin eine Denunziantin, sondern unsere Nachbarin oder der Briefträger. Oder ist Vater ein gut getarnter Denunziant? Bei uns fliegen gefährliche Worte durch die Luft und setzen sich auf jemanden wie der Ruß von der Lokomotive.

Als ich mit Mutter mit dem Zug fahre, bin ich für die Fahrt schwarz angezogen, obwohl es Sonntag ist. Sonntags muss ich sonst feierliches Weiß tragen, ein Nylonkleid mit Rüschen, um den Sonntag zu ehren, obwohl der Sonntag der langweiligste Tag ist – die Hofkinder stehen weiß herausgeputzt herum und fürchten sich, schmutzig zu werden. Die Zugreise ist ein schmutziges, aber schönes Ereignis. Aus dem Kamin der Lokomotive kommt schwarzer Rauch heraus, der einen Laufteppich von Rußpartikeln hinter sich legt. Der Ruß setzt sich auf die Waggonsitze, auf die Kleidung, vermengt sich mit den Haaren, und wenn ich mich hinauslehne und das Gesicht dem Fahrtwind zuwende, muss ich die Augen zusammenkneifen, damit der fortschrittliche Ruß mir die Sicht nicht verschwärzt.

Ich sitze also schwarz angezogen im Zugabteil, um mit dem schwarzen Ruß solidarisch zu sein. Das Zugfahren ist keine einsame Sache, man gesellt sich zueinander, kommt ins Gespräch, bietet sich gegenseitig Essbares an, das uns Großmutter eingepackt hat – Entenpastete, Gurken, Kohlrabi, Aprikosen –, und man klagt und lacht, fragt aus und redet und redet. Es ist großartig, wie unser Volk es schafft, ununterbrochen zu reden, ohne dass man erfährt, was es wirklich denkt. Man hilft sich gegenseitig beim Koffertragen, erteilt Ratschläge, fürchtet einträchtig den Durchzug, und inmitten dieser großen Familie fährt das Unausgesprochene beim Zugfahren mit, fahren die Denunzianten mit und wir füttern sie, überlassen ihnen unseren Platz, drücken ihnen die Hand: Es war mir eine Ehre, Sie kennen gelernt zu haben, bis zum nächsten Mal und bleiben Sie ja gesund. Und die Denunzianten werden mit dem Ruß beschmiert wie wir alle, die gemeinsam zu einem Ziel unterwegs sind, vertieft ins Geplauder und den Entenschmalz.

Ich habe die Bibel nicht gelesen, aber der Pfarrer liest daraus vor, und Großmutter will, dass ich ihm zuhöre. In der Kirche herrscht eine Feierlichkeit wie bei den Demonstrationen, wenn sich Proletarier vereinen. Die Gläubigen vereinen sich ohne Transparente. Zum monotonen Gesang kann man nicht gut marschieren, daher sitzt man. Die Selbstkritik, die zum proletarischen Bewusstsein gehört, ist auch in der Kirche üblich. Schon zum zweiten Mal lege ich eine Beichte ab, vor einem Gitterfenster kniend, hinter dem ein fremder Mann sitzt. Ich wasche ungern Geschirr ab und bemühe grundlos Jesus und Maria, beichte ich, doch ich beichte nicht meine Sünde, dass mir beim Einschlafen der Gedanke kommt: Gott ist ein Dummkopf. Ich will nicht denken: Gott ist ein Dummkopf, doch der Gedanke denkt an meiner Stelle, denkt und denkt. Genauso wenig beichte ich, dass ich nicht sicher bin, ob es Gott gäbe. Das wäre dem Diener Gottes hinter dem vergitterten Fenster gegenüber unhöflich.

Während der Sonntagsmesse werde ich benommen vom Weihrauch und vom Gemurmel der Bäuerinnen und vergesse, dass es womöglich unseren alten Gott nicht gibt, und bitte ihn, mir einen jungen Freund zu schicken, der mich an der Hand nimmt und im Kino in den Nacken küsst, ohne sich darum zu scheren, dass ich Zottelbeine habe. Gott findet meine Bitte dreist und erfüllt sie mir nicht. Gewöhnlich bittet man ihn um Gesundheit für seine Nächsten, aber nicht ums Glück für sich selbst. Das könnte ihn verärgern, er liebt die Bescheidenheit. Die Kirchgängerinnen sind unscheinbar. Es gehört sich nicht, herausgeputzt in die Kirche zu kommen, als wäre Gott ein Mann – in Stöckelschuhen, mit roten Lippen, tiefem Ausschnitt, die Taille mit einem engen Gürtel zugeschnürt und die Ohren behängt mit falschen Perlen, wie Mutter sich anzieht, wenn sie aus dem Haus geht. Jetzt in der gestreiften Gefängniskleidung kann sie sich an Gott wenden, so erniedrigt würde er sie lieben und ihr kleine Wünsche erfüllen.

Mama war einmal in der Kirche, als sie unseren Vater heiratete, und dabei trug sie ein weißes Kleid mit einer Schleife. Auf dem Hochzeitsfoto hat sie einen begeisterten, nach oben gerichteten Blick, der weder Gott noch Vater gilt. Es ist der proletarische Siegesrausch, das bürgerliche Element herumgekriegt zu haben, sagt Vater. Ich weiß nicht, welchen Gott Mama hat. Sie musste bei der Heirat konvertieren, das heißt, den Glauben unseres Vaters annehmen, aber sie nahm ihn nicht wirklich an, sie gibt dem Vater nie Recht, und Vater hat sowieso keinen Gott. Das war Großmutter, die Mama befohlen hatte, ihren Glauben zu ändern: Verschiedene Glauben unter einem Dach, das ist Teufelswerk, bekreuzigt sich Großmutter. Mutter hat sich nicht gewehrt, und seitdem spottet sie über Gott und alle Engel der Welt, und mir sagt sie, ich solle mich wehren, zeigt mir aber nicht wie, da sie es selbst nicht kann.

Am Freitag essen wir Palatschinken oder Fisch, denn an diesem Tag wurde Jesus gekreuzigt. Würden wir am Freitag Fleisch essen, wäre es sein Fleisch. So sehr ist der Leib Jesu mit jedem Tier vereint, sagt Großmutter. Der Pfarrer predigt, dass der Gottessohn in jeder Kreatur lebt, auch in der winzigsten. Doch unsere Sprache ist voll von Beleidigungen der Kreatur. Wie kann der Esel dumm sein, wenn der Gottessohn darin wohnt? Nur weil der Bauer sich ärgert, wenn der Esel bockt, gilt jetzt sein Name als Schimpfwort. Und wenn unsere Männer Kopfweh und Brechreiz vom Trinken bekommen, klagen sie, sie haben einen Affen. Da bemitleidet sie gleich jeder. Und einen schwarzen Käfer nennt man Mistkäfer, dabei spiegelt sich der Gottessohn in seinem blau-schwarzen glänzenden Panzer. Wenn der Mistkäfer über den Gehsteig kriecht, sorge ich mich um ihn. Gleich kommen Kirchgänger und könnten ihn zerquetschen. Jemand, von dem man behauptet, dass er mit Mist zu tun hat, ist nichts wert. Der Pfarrer kümmert sich weder um solche Vergehen noch um die Sprache. Er ist froh, dass sich in unserem Städtchen Einige finden, die ihm zuhören, sagt Mutter. Verlässt unser Nachbar die Kirche, ist er schon die Gottesfurcht los und jammert, Maria helfe ihm nicht in der Geldnot. Würde er bloß seinen Schäferhund losmachen, der schon seit Jahren an einer kurzen Leine zerrt! Das wüsste die heilige Mutter sicher zu schätzen, sagt Großvater. Maria muss zusehen, wie ihr Sohn überall gequält wird. Unsere kranke Nachbarin stellt Heiligenbildchen auf den Tisch im Wohnzimmer auf, vor die sie sich hinkniet und um Genesung bittet. Im Frühling holt sie ein Schwalbennest über ihrer Haustür mit dem Besen herunter und drei Schwalbenjunge, in deren Flaum ich Marias Sohn erblicke, wirft sie in den Müll. Falls sie gesund werden sollte, fresse ich ihren Besen.

Die Tiere werden behandelt, als stünden sie außerhalb der physikalischen Gesetze von Ursache und Wirkung. Dabei gelten die Gesetze überall, lernen wir in der Schule. Nachts will ich mich aufmachen, die Ketten, an denen die Schäferhunde schlafen, durchzusägen, um an die Ursache-Wirkung-Kette zu erinnern, und träume davon, getötete Tiere ins Märchenwasser einzutauchen, woraus sie wieder lebendig herausspringen. Ich stecke mir die Finger tief in den Hals, um all die gegessenen Hahnschenkel herauszuwürgen, warte auf die Nachricht über eine ausgebrochene Tierrevolution und auf der Suche danach blättere ich täglich die *Wahrheit* durch.

Der Pfarrer sagt, Krankheiten seien die Strafe Gottes für ein untugendhaftes Leben. Kameradin Lehrerin erklärt, dass die Krankheiten eine Folge der Armut seien, die wir ausgerottet hätten. Die Kranken muss man wegsperren, bis sie aussterben. Sie verpesten das gesunde Klima bei uns und geben ein schlechtes Beispiel für die Jugend ab. Das sagt nicht Kameradin Lehrerin, das ergibt sich aus dem deduktiven Denken, worin ich geübt bin. Ich lese Krimis und löse Kreuzworträtsel und das sei gut für das deduktive Denken, lobt mich Großvater. Die große Bronzeskulptur auf dem Hügel über der Hauptstadt, auf der ein Soldat, ein Arbeiter und eine lächelnde Bäuerin ihre Arme in die selbe Richtung hochstrecken, zeigt, dass sie hochgesund sind. Würde Kamerad Bildhauer meine Mutter modellieren, wie sie mit der Hand auf der Stirn über ihr Kopfweh klagt, wäre es Sabotage.

Wer krank ist, behält am besten diese Rückständigkeit für sich. In den Feindesländern, erzählt ein weitgereister Onkel, würden die Invaliden in Wägelchen mit großen Rädern um die Ecken geschoben. So krank sind jene Gesellschaften. Bei den vielen Invaliden entsteht sogar Invalidenliebe. Eine hinkende junge Frau sprang plötzlich auf den Schoß eines im Wägelchen sitzenden jungen Mannes, dieser setzte sein Gefährt in Bewegung und so rollten sie beide sich umarmend durch die Stadt und die Stadt hinter dem Meer wunderte sich nicht darüber, erzählt der Onkel. Vor dem Einschlafen denke ich an die Invalidenliebe, die nicht hinkt und nicht gelähmt ist, sondern rollt und rollt.

Auf unseren Straßen gehen alle auf eigenen Beinen, das Arbeitsziel vor Augen. Nur am Sonntag drehen sie sich im Kreis auf dem Korso oder ertüchtigen sich. Sport gehört zur proletarischen Pflicht. Jene Mädchen, die den Rückwärtssalto können und auf dem Balken das Gleichgewicht halten, sind in der Klasse angesehen. Die Gummimädchen stammen aus proletarischen Familien und lernen früh, elterlichen Schlägen mit Saltos auszuweichen. Der Linoleumboden bei ihnen zu Hause ist dafür geeignet. Wir haben über dem polierten, rutschigen Parkett Orientteppiche mit Fransen, die ich am Sonntagvormittag kämmen muss. Kämmen ist am Sonntag gestattet, Kämmen ist keine Arbeit, sagt Großmutter.

Im Haus gegenüber lebt eine Frau, die ihre Krankheit spazieren führt, da sie weder einen Mann noch Kinder noch einen Großvater hat. Würde sie hinter dem Meer leben, könnte sie mit einem Hund an der Leine ausgehen, aber bei uns gehört es sich nicht, ein Haustier als Korsobegleiter zu haben. Und ohne Begleitung von Montag bis Sonntag durch die Straßen zu gehen und dazu weiblich und gesund zu sein, gilt als Schande. Also schiebt die Frau ihr dickes Bein in einem weißen Verband eingewickelt vor sich her wie ein Schutzschild und stützt sich auf Krücken. Wenn sie anhält, erzählt sie von ihren neuen Leiden, zählt Schreckliches auf Lateinisch auf. Niemand soll denken, sie wisse nicht Bescheid, was ihr zustößt und was sie noch befallen wird. Bald werden sie mich begraben müssen, droht sie, und die Leute achen, ochen, rufen: Na so was. Sie schnalzen mit der Zunge: Tja, tja, tja, und schütteln den Kopf ob so viel Leid.

Erste Zotteln spriessen mir in den Achselhöhlen, und schon spricht man von Heirat. Großmutter will mich mit einem Ingenieur verehelichen, irgendeinem, doch Ingenieur muss er sein. Ein Mann, der in der Hauptstadt Ingenieur geworden ist, braucht keinen Namen mehr, er ist Herr Ingenieur, er hat seine Abstammung hinter sich gelassen und verdient Achtung. Es gibt immer mehr Ingenieure, wir brauchen sie für den fieberhaften Aufbau unserer Heimat. Unsere Schriftsteller sind Ingenieure der Seele, ihre Werke bauen die alten Seelen auf und um. Ist irgendein Herr Ingenieur auf der Durchreise, turtelt Großmutter: Aber Herr Ingenieur, nehmen Sie noch einen Hahnschenkel, Sie werden mich doch nicht beleidigen, so ein stattlicher Mann, bedienen Sie sich, ich bitte Sie. Herr Ingenieur stopft unsere jungen Hähne in seinen großen Bauch, knöpft dazu die Jacke auf und stöhnt. Zum Abschied drückt ihm Großmutter den Abfalleimer in die Hand: Würden Sie, Herr Ingenieur, so liebenswürdig sein und unseren Abfall hinuntertragen? Aber natürlich, geben Sie her, und Großmutter macht eine zufriedene Miene, während Mutter sich schämt, dass Herr Ingenieur, der so viel weiß, für eine niedrige Arbeit ausgenutzt wird. Dabei ist der Ingenieur gar kein Herr, sondern unser Kamerad.

Andere Kinder helfen zu Hause, ich verdrehe die Augen, wenn ich Geschirr spülen soll, und werde zum Umfallen müde. Großmutter hat Mitleid mit mir: Lass mich mal machen. Und schon schmiere ich große, weiche Brote mit Butter, verteile sie auf den Unterarmen und gehe beschwingt wie auf Flügeln in den Hof. Außer Butterbrot mag ich Griesbrei mit Zimt und geriebener Schokolade. Beim Wort Gemüse wächst mir ein ganzer Kohlkopf im Hals und droht mich zu ersticken. Im Laden, wo über der Tür auf einem grünen Schild ›Gemüse‹ steht, stinkt es, in der Ecke steht ein Spucknapf und unsere Männer spucken hinein. Unsere Frauen spucken nie, außer der Großmutter.

Offenbar haben die Männer mehr von allerlei zähen Flüssigkeiten und müssen sie loswerden. Seit ich lesen kann, lese ich im Vorbeigehen Gemüse auf dem Schild, und meine Lippen schließen sich.

Großmutter und Mutter zwingen mich, die Lippen zu öffnen und das gekochte Grünzeug herunterzuschlucken. Ich werde blass davon, und andere Mädchen, die nie blass werden, gibt man mir zum Vorbild. Eine Heldin und Piratin hat keinen Mann, für den sie kochen muss, verkünde ich, und so weiht man mich nicht ins Kochen ein. Nur das Rupfen der Hähne wird mir weiterhin aufgetragen. Ich sitze mit meinem Bruder am Küchentisch, jeder mit einem geköpften Hahn, den man am Erwachsenwerden gehindert hat. Wir rupfen Federn, bis die Hähne weiß und nackt sind und eine Gänsehaut bekommen. Ihnen ist kalt vom Tod, sie frieren ohne ihr Federkleid. Die gekochte, welke Hahnhaut esse ich nicht, damit es mich nicht friert.

Die Klassenkameradin Anka, deren Mutter Apothekerin ist, bittet mich, sie zu besuchen. Eine Apothekerin verkauft nicht nur Pillen, sie mischt auch Tinkturen, und damit sie niemanden vergiftet, muss sie eine Menge wissen. Deshalb ist sie angesehen, aber Ankas Mutter hat keinen Mann und das macht sie verdächtig. Trotzdem freut sich Großmutter über meine Einladung in eine angesehene Apothekerfamilie. Sie weiß nicht, dass bei Anka zu Hause ein richtiges Loch im Parkett klafft, schon so lange, dass es niemand mehr bemerkt. Wir spielen bei Anka im Wohnzimmer auf dem Parkett ums Loch herum, als sei nichts dabei. Da bei angesehenen Familien große Löcher in guten Stuben klaffen, laden sie lieber keine Kinder zu sich ein. Die Kinder könnten hineinfallen oder noch schlimmer, laut rufen: Schau, ein Loch! Kinder, Hunde und Hennen bleiben draußen.

Es gibt Löcher, die sich allmählich in Hügel umstülpen. In der Schule werden wir ermahnt, Bomben und Granaten, die der Krieg hinterlassen hat, bei der Polizei abzugeben. Die *Wahrheit* berichtet von Kindern, die mit einer Granate spielten und dabei umkamen. Auch wir finden im Wald eine Granate und Peťo trägt sie feierlich in den Hof. Sie ist gekerbt und schwer und die Hofkinder wollen sie nicht abgeben, bevor sie erfahren, was sie so schwer macht. Ich befehle, in Deckung zu gehen, und bewerfe die Granate so lange mit Steinen, bis es einen Knall und viel Rauch gibt. Dann vergraben wir die Granatenreste bei der Garage und erzählen es niemandem. Abends fühle ich einen Stich im Oberschenkel und entdecke im Rock ein kleines, ausgebranntes Loch – ein Granatsplitter hat sich in mich eingebohrt. Inzwischen hat er sich mit Fett umhüllt und aus dem Loch ist ein kleiner Hügel geworden, der nicht mehr wehtut. Ich trage einen Granatsplitter in mir, als wäre ich ein Kriegskind. Nur dem Großvater zeige ich die Stelle und er erzählt mir von einer schwer umkämpften Stadt, deren Birken entlang der Straßen bis heute Granatsplitter in sich tragen. Nach dem Krieg wollte man aus den Birken Möbel machen, aber die Sägen stießen an die Granatsplitter und gingen kaputt. So ließ man die verletzten Birken stehen – ihre Wunden haben sie gerettet.

Am Elternabend ist meine Mutter die schönste aller Mütter und die Klassenkameradinnen beneiden mich. Ich hätte es aber lieber, wenn sie eine gewöhnliche Mutter wäre: mollig, klein, mit einem müden Lächeln im runden Gesicht. Es ist schrecklich, wenn sie vormittags in die Schule kommt, mit Hut und Nerzmantel und mit wiegenden Hüften auf unseren Kameraden Rektor zusteuert, der nicht von meinen guten Noten redet, sondern ihr Komplimente macht. Und sie lacht, als wäre er witzig, und sie wirft den Kopf nach hinten wie eine Löwin, die gestreichelt werden will. Und all das ereignet sich im Gang während der großen Pause! Auf der Straße trotte ich hinter ihr her, als gehörte ich nicht zu der Person mit den schlechten Manieren. Da sie jetzt in einer dunklen Zelle ohne Hut und Pelz sitzt, geht Großmutter in einem schwarz-weiß getüpfelten Kleid zum Elternabend. Mit der Großmutter flirtet Gott sei Dank niemand. Kameradin Lehrerin und Kamerad Rektor berichten, dass ich fleißig sei und sie Freude an mir hätten, und Großmutter erwartet nichts anderes. Seit meiner Geburt weiß man, dass ich niemandem Sorgen bereiten würde. Meine Geburt, erzählt Mama, war eine Sturzgeburt, ich stürzte aus ihrem Bauch heraus, die Hebamme schrie: Halten Sie das Kind zurück, aber ich hatte es eilig, auf die Welt zu kommen, um alle zufrieden zu stellen. Seitdem lasse ich mich nicht aufhalten.

Dass ich als Mädchen auf die Welt kam, verdanke ich Mama, die sich nicht beirren ließ, als ihr Großmutter weismachen wollte, in unserer Familie würden nur Knaben geboren. Eine Knabengebärerin war früher mehr wert als eine Mädchengebärerin. Wenn es nicht einen Hund gegeben hätte, der vor die Pferdekutsche lief, in der die schwangere Großmutter saß, hätte sie einen dritten Sohn gehabt. Aber die Pferde scheuten, der Wagen kippte um und Großmutter hatte eine männliche Totgeburt. Sie spricht nicht mit Bedauern über den Tod ihres Kindes, sondern voller Stolz über sein Geschlecht. Nach der Tradition hätte ich den Vornamen der Großmutter erben sollen, doch zum Glück gab es eine Volkszählung. Mutter lag auf dem Entbindungsbett, ich wurde mit gestreckten Beinen fest in ein weißes Tuch eingewickelt, denn Neugeborene dürfen sich nicht bewegen, das macht das Rückgrat kaputt, und da kam gerade ein Beamter, der die Menschen im ganzen Land zählte. Mutter sah in mir etwas wie ihren dritten Arm oder ein drittes Bein, auf jeden Fall gehörte ich zu ihrem Körper und sollte ihren Weg fortsetzen. Bevor Großmutter auf ihr Recht hätte pochen können, sagte Mutter, als Kamerad Beamter auf ihren umwickelten Körperteil zeigte und nach dessen Namen fragte, ihren eigenen Vornamen. Seitdem gibt es Mama doppelt.

Loyal soll ich zu ihr sein, sagt sie. Dieses Wort heißt, dass ich an ihrer Seite gegen den Vater kämpfen soll. Ich bin ihre einzige Tochter, ich wuchs in ihrem Bauch, trank ihre Milch, ich bin vom selben Geschlecht, trage ihren Namen, schlafe im selben Schlafzimmer, sie liebt mich über alles und so weiter. Andere Menschen haben das Recht, anders zu sein, jeder darf eigene Flöhe haben. Mutter sagt oft: Jeder denkt, dass seine Flöhe Gazellen sind. Ich aber bin ihre Tochter und darf keine eigenen Flöhe haben. Ich soll wieder ein Stück von meiner Mutter werden, ein Glied, das sich gegen ihren Feind wendet. Doch ich bin auf der Seite des Vaters, denn ich bin stets auf der Seite der Schwächeren wie unsere Helden, die die Ordnung der Welt verändert und das alte Obenunduntenprinzip umgekrempelt haben.

Wenn Vater und Mutter Kämpfe austragen, gehe ich in den Hof, lehne mich an die bröckelnde Mauer, betrachte die Hennen und befrage meine Gedanken. Wird es wieder still im Haus, renne ich zur Mutter, berichte ihr hastig Lösungen für den Ehekrach, bin stolz, eine Friedensstifterin zu sein. Mutter ist eifersüchtig auf meine Berater. Du liebst deine Gedanken mehr als mich, wirft sie mir vor. Ich werde ratlos, fühle mich schuldig, als eine undankbare Tochter der allerschönsten Mutter am Elternabend. Doch meine Gedanken werden nie ins Gefängnis kommen, sie lassen mich nie alleine, sie werden mich auch in schlimmen Zeiten begleiten, wenn ich mit einem Ingenieur verheiratet sein sollte. Ich will nur zu meinen Gedanken loyal sein.

Manchmal beugt sich Mutter zu mir herunter, schaut mich aufmerksam an und sagt langsam: Du bist klüger als ich. Ich widerspreche ihr nicht. Wir sind uns in solchen Augenblicken nahe, aber nicht gleich wie unsere Vornamen. Es ist, als könnte keine aus sich heraus, als würden wir uns aus zwei gegenüberliegenden Häusern vom Fenster aus über eine enge Gasse betrachten und uns lieben. Während des Unterrichts höre ich nicht zu, sondern fülle Seiten voll mit unserem Namen, übe, die Unterschrift so schnell hinzukritzeln wie es Mutter tut, wenn sie mein Heft unterschreibt. Wie ich mich auch bemühe, den selben Schwung wie sie hinzukriegen, es gelingt mir nicht. Meine Unterschrift gerät größer und hat Pausen. Seit Mutter meine Hefte nicht mehr unterschreibt, glaube ich daran, sie würde in jenem Moment zurückkommen, wenn unsere Unterschriften sich anglichen, als wäre das ewige Unterschreiben eine Strafe dafür, dass ich wage, anders als sie zu sein. Wäre ich ihr Doppel, wäre sie erlöst. Könnte ich doch wenigstens in der Unterschrift mit ihr verschmelzen!

Seit sie weg ist, nehme ich zu, breite mich aus. Dort, wo früher ihr Körper war, ist jetzt ein Nichts, das ich füllen muss. Ich renne nicht mehr gerne herum, sondern grüble über Dinge nach, die keinen Sinn haben und die ich gleich wieder vergesse. Wenn ich nur aus dem mir fremd gewordenen Körper wie ein Schmetterling hinausfliegen und den dicken weißen Speckkokon abwerfen könnte! Dafür brauche ich Mama, sie soll meine Verwandlung gutheißen, mich zum Aufbruch ermutigen. Großmutter kann es nicht tun, sie bricht nicht mehr auf, sie geht auf das Ende zu. Die Schmetterlinge haben ihre schönen Mütter nicht dabei, wenn sie herausschlüpfen, aber etwas müssen sie haben, das ihnen bei diesem mutigen Vorgang beisteht. Sonst würden sie als dicke Larven in sich verkrochen bleiben und nicht lernen, die Flügel zu schwingen und die Blüten zu bestäuben, die auf sie warten.

Geld stinkt nicht, sagt man hinter dem Meer. Bei uns beschmutzt das Geld alle, die sich darauf einlassen. Schneidet ein Mann vom Land Äste ab, fragt ihn Großmutter: Was bin ich Ihnen schuldig? Aber niiiiiichts, winkt er ab und läuft bei der beschämenden Frage rot an. Großmutter lässt nicht locker, bis er nachgibt: Soviel es Ihnen wert ist. Großmutter sagt, dass er sie überall schlecht machen wird, falls er weniger kriegt, als er erwartet, doch auch das nächste Mal wird er stolz niiiiiichts sagen, denn er ist kein armer Kerl, der aufs Geld angewiesen ist. Er wird wieder unschlüssig herumstehen, bis Großmutter ihm ein paar zusammengerollte Noten geschickt in die Tasche steckt, und er wird in seiner verletzten Würde rufen: Das war doch nicht nötig! Danach werden sich beide schnell und voller Scham verziehen. In einem ausländischen Film gibt es eine Szene, in der ein Mann einem anderen Mann Banknote um Banknote auf die ausgestreckte Hand legt, und dieser ist gar nicht beleidigt. So schlecht erzogen sind die Menschen hinter dem Meer.

Wenn ich in die Stadt gehe, fragt mich Mutter streng: Hast du Geld? Ich brauche kein Geld, sage ich, aber sie gibt nicht auf: Janka, hier, nimm, kauf dir einen Schleckstengel. Ich mache eine angewiderte Miene und stecke die Münzen in die Manteltasche. Sie machen mich schwer und müde, mit den Münzen in der Tasche sondere ich mich von den anderen Kindern ab. Wenn ich dann wieder Mamas lästige Frage höre: Hast du Geld?, lüge ich: Ja, ich habe noch, und renne davon. Ich will nicht tagein, tagaus Zucker lecken, ich will zusammen mit Proletarierkindern, die kein Schleckgeld bekommen, Entbehrungen und Leiden ertragen. Seit Mutter selbst kein Zuckerlecken mehr hat, lebe ich leicht, ganz ohne Münzen. Vor Jahrhunderten gab es bei uns eine Gemeinschaft ohne Geld. Jene, die ihr beitraten, warfen Geld und Schmuck in einen Behälter auf dem Hauptplatz. Dafür bekamen sie umsonst zu essen und wurden zu Brüdern und Schwestern. Wie schön wäre es, sich auf unserem Korso von Reichtümern zu befreien und im Tausch dafür Schwestern und Brüder zu bekommen!

Aber auf Mutter ist kein Verlass. Wie oft bitte ich sie, mir eine Schwester zu gebären. Zwei Kinder sind genug, gebäre du selbst, sagt sie eisig, und ich übertrumpfe sie: Ich werde zehn Kinder adoptieren. Im Hof liegt im Kinderwagen ein Baby, der Sonne zugewandt, um Vitamine zu kriegen, und weint, aber niemand darf es in den Arm nehmen. Babies soll man dann aufnehmen, wenn sie nicht weinen, denn wo käme man hin, sich von einem schreienden Bündel herumkommandieren zu lassen. Der Hof füllt sich mit Geschrei und wir warten sehnsüchtig auf die Stille. In der Stille liebkost unsere junge Nachbarin ihr Baby, bläst ihm in den Nacken, macht Grimassen dazu, und das Baby durchbricht die Stille mit seinem glucksenden Lachen.

Und alle werden froh, ein Baby ist ein Anfang und Anfänge liebt man bei uns über alles. Fängt man an etwas aufzubauen, treibt uns die Begeisterung an, doch sie hat ein kurzes Leben, schon hagelt es faule Witze, diese Spielverderber, und sie rauben den Taten ihre Kraft. Ich will ein Häuschen im Hof errichten, sammle Ziegelsteine, mische Mörtel, entwerfe Pläne, leiste Überzeugungsarbeit, gebe den Hofkindern Befehle, stampfe ungeduldig mit den Füßen. Ach, wozu sich anstrengen, es wird sowieso nichts daraus, höre ich von überall her. Unser ganzes Land bleibt auf halber Strecke liegen, es ragen abgebrochene Anfänge in den Himmel. Kommt aber ein Befehl von oben, werden aus Witzbolden gehorsame Vollstrecker auch der unsinnigsten Vorhaben, sagt Vater.

Im Wohnzimmer hängt ein großes, düsteres Bild mit einem Kentaur. Er steht auf Pferdehinterbeinen und mit Menschenhänden hält er über dem Kopf einen Felsbrocken, den er mit Wucht auf jemanden werfen will. Sein Gesicht ist menschlich, aber abgründig wild. Ich schaue das Bild jeden Sonntagmorgen an, wenn ich im Radio Märchen höre, und warte gebannt auf die donnernde Tat, aber sie geschieht nicht, der Fels bewegt sich nicht. Der Kentaur über dem Radio ist dazu verdammt, in seiner

Absicht zu verharren wie Leute, die sich etwas vornehmen und tausend Dinge versprechen. Das Wort paart sich bei uns nicht mit der Tat, es steht alleine auf den Hinterbeinen und umklammert die große Absicht. Gibt es einen Ort, wo Wort und Tat verheiratet sind, wo das Wort nicht einsam am Himmel der Wünsche flattert und verschwindet, sondern sich zur bodenständigen Tat senkt und mit ihr verschmilzt, wo ganze Menschen leben und keine gespaltenen Kentauren? Finde ich den Ort, wo Reden nicht nur Klang und Farbe ist, wo das luftige Wort seinen irdischen Partner findet und verbindlich wird?

Mutter lernt die Sprache, die hinter dem Meer gesprochen wird, bei einer alten Gräfin. Es ist eine echte ausländische Adlige, sie kommt gebeugt am Stock, setzt sich mit einem Seufzer im Wohnzimmer an den Tisch und nimmt den Kaschmirschal ab. Mutter räumt die gestickte Decke weg, putzt die schwarze Mahagonitischplatte und schreibt Worte, die ihr die Gräfin diktiert. Einmal in der Woche ist unsere Mutter eine brave Schülerin, die alles tut, was ihr die Adlige befiehlt. Doch das gehört in die Vergangenheit. Als sie noch nicht in einer Gefängniszelle neben Kameradinnen Verbrecherinnen auf der Pritsche lag, fuhr ich einmal mit ihr aufs Land, um die kranke Gräfin zu besuchen. Wir kommen zu einem kleinen Schloss, in dem die Gräfin früher als Schlossherrin lebte, suchen sie überall, gehen von Zimmer zu Zimmer, und in jedem liegen fünf, acht, zwölf alte Menschen, zeigen mit verkrümmten Fingern auf uns, schreien oder dösen. Endlich finden wir die Gräfin auf einem Bett unter dem Fenster. Im eigenen Schloss ist sie eine unter vielen Verlassenen, neben ihren ehemaligen Mägden, die nicht mehr auf sie hören, aber sie weiterhin Frau Gräfin nennen. Als wir auf den Kiesweg im Schlossgarten hinauskommen, weint Mutter, als habe sie im verwandelten Schloss die Pritsche ihrer nahen Zukunft erblickt. Dank unserer gerechten Epoche hat man die Schlösser der Adligen den Schwachen geschenkt, und so gibt es Schlösser für Behinderte, Schlösser für Verrückte und Schlösser für Schriftsteller und Paläste für Pioniere. Aber ich verrate der Mutter nicht, wie stolz ich auf unsere neue Gesellschaftsordnung bin.

Sie trocknet sich die Tränen ab, pudert die Nase, rückt den Hut zurecht, glättet mit den Handflächen ihren engen Rock, und wir steigen in einen Zug, in dem Dorfleute unterwegs sind. Als Mutter in Stöckelschuhen ein halbleeres Abteil betritt, hoch wie ein Wolkenkratzer in der Hauptstadt, und auf eine hochnäsige Weise die überflüssige Frage stellt, ob die leeren Sitze frei seien, wird sie mit kurzen, feindseligen Blicken begutachtet. Die Fahrt dauert lange, und die Passagiere sprechen in kurzen Sätzen über kurze Gedanken, und wir sitzen nebeneinander wie zwei verschiedene Arten. Es wird unerträglich eng im Abteil, die Passagiere verstellen es mit ihrem Argwohn. Als wir endlich aussteigen, sagt Mutter: Solche kleinen Menschen sind jetzt bei uns an der Macht. Gerät man in ihre Hände, zerreißen sie einen. Aber erzähle es niemandem!

Ich sehe jetzt meine große Mama in einer Zelle voller kleiner Menschen, die ihr die Stöckelschuhe abnehmen, den Hut herunterreißen, um sie klein zu machen. Kremt sie trotzdem jeden Abend das Gesicht und den Hals ein, so wie sie es mir beigebracht hat, und ist sie die Allerschönste im ganzen Gefängnis? Hat sie Nähzeug bei sich? Näht sie die unförmige Knastkleidung ein, um die schmalen Hüften und den großen Busen, den Vater so bewundert, zur Geltung zu bringen? Lacht sie jeden Tag so hell, wie ich es liebe, und singt sie im Chor mit den Kameradinnen Mitgefangenen beim Appell die Hymne und fühlt sich frei dabei? Als ich wieder mal mit Peťo in der Baumkrone sitze und seine langen baumelnden Beine anschaue, sage ich: Du bist zu groß Peťo, du wirst nie an die Macht kommen. Peťo krümmt sich, schweigt beschämt, als wolle er den großen, schweren Körper aus der Welt schaffen, ihn vor den Schlägen des Stiefvaters und vor der Macht kleiner Menschen bewahren.

Früher nahmen sich Reiche viel Raum, so wie sich Leittiere ein großes Revier nehmen. Sie ekelten sich vor dem Geruch der Mitmenschen und hielten diese auf Abstand, als hätten sie Geldscheine um sich gewickelt. Sie mochten nur den Geruch des eigenen Geldes. Heute lernen wir den Geruch anderer Menschen zu schätzen. Ich fühle mich gut aufgehoben in einem vollen Bus, wo ich mich an fremde Körper anlehnen kann und wir gemeinsam hin und her geschaukelt werden. Manchmal fahren wir mit dem Bus in eine andere Stadt zur Freundin meiner Mutter, deren Vater vor dem Krieg Schuhfabrikant war und in einer großen Villa lebte. Nachdem ihn Kameraden Proletarier von hohen Hallen voller Schuhe befreit hatten, starb er an der Enge, meint Mutter. Seine Tochter lebt mit ihrer Familie ohne Erstickungsanfälle in einer kleinen Neubauwohnung, aber man merkt, dass sie an große Räume gewöhnt war. Nirgendwo sonst werde ich so höflich behandelt, als wäre ich eine kleine Dame. Wenn die Schuhfabrikantentochter den heißen Kakao in eine Porzellantasse gießt, fragt sie mich ohne Hast und in allem Ernst: Wie geht es dir, Janka? Während ich die braune göttliche Flüssigkeit in kleinen Schlucken zu mir nehme, um diesen Augenblick zu verlängern, trete ich aus mir heraus und kehre als eine Fremde wieder in mich zurück, reise durch mich und frage die unbekannten Räume in mir, ob sie wüssten, wie es mir geht, aber sie wissen es nicht. Es ist anstrengend, zu erfahren, wie es einem selbst geht, lieber fragt man die anderen danach. Höre ich irgendwo: Wie geht's, füllt sich mein Körper randvoll mit heißem Kakao, ich schlucke und sage nichts.

Bei uns gehört es sich, über die Frage: Wie geht's? nicht lange nachzudenken, sondern sie mit: Schleeeecht oder: Nicht der Rede wert zu beantworten. Dabei lässt man die Arme hängen, um zu zeigen, dass man sich ganz und gar, samt Zotteln, ins Schlechte und Unwerte fügt. Nur jemand, der nicht bei Sinnen ist und elektrisch aufgeladen wie mein Vetter, könnte mit: Gut antworten. Nicht auszudenken, was dann geschähe. Man könnte den Verrückten übel zurichten, damit es ihm endlich schlecht geht. Wenn man sich trifft, klagt man, das ist ein urururalter Brauch. Kämen Fremde in unser Städtchen, die uns aufs Wort glauben würden, könnten sie denken, dass wir im Unglück lebten. Ich achte nicht aufs Wort, sondern aufs Gesicht. Erzählen die Menschen vom Unglück, glänzen ihre Augen und ihre Wangen werden rosig. Es macht sie glücklich, das Unglück lang und breit auszuwalzen. Und das Unglück kommt meist nicht alleine, für dieses Naturgesetz hat Mutter ein Sprichwort: Wer schon vollgeschissene Hosen hat, über dem stürzt auch noch die Toilette zusammen. Es ist gut, wenn es allen schlecht geht, so kommt kein Neid auf und wir leben friedlich mit rosa Wangen.

Wir nennen uns ein Täubchenvolk, wir mögen keine Greifvögel, lieber bleiben wir ein kleines Friedenssymbol. Plustert sich jemand auf, zähmt man ihn mit: Großes Wasser, großes Wasser, pass nur auf, und schon wird dem Aufplusterer heiß vor Scham und er verdampft zur passenden Größe. Das Täubchenvolk braucht keine tragischen Theaterstücke und keine aufwühlenden Romane. Das Täubchenvolk erzählt sich Tragödien auf der Parkbank, in der Warteschlange, im Bus. Man braucht bloß anzufangen: Mieses Wetter heute und es wird noch schlimmer, und schon werden der Tod der Nächsten, unheilbare Krankheiten, Niederlagen, Verluste aller Art genüsslich ausgemalt und Peinlichkeiten preisgegeben, bis man in der Sackgasse steckt. Was kann man schon machen, so ist es, seufzt mein Täubchenvolk und wartet auf ein neues Unglück, das weder Grund noch Sinn hat. Nur Großvater dreht es um und meint, das Unglück sei ein Lehrmeister und der Schmerz der beste Arzt.

Unsere Stadt hat eine Burg, die sich über dem Korso erhebt, den halben Sonntagshimmel bedeckt und wie ein Spielzeug ist, das mit einem Vergrößerungsglas angeschaut wird. Dort herrschte früher ein fremder Fürst und er herrschte auch über den Fluss, der eine Schleife um unsere Stadt macht, als nähme er sie behutsam in die Arme. Die Frauen von der Burg waren Gattinnen vornehmer Männer, bloß eine Adlige hat wenigstens im Tod ein Wunder vollbracht. Seit Jahrhunderten zersetzt sich ihr Leichnam nicht, obwohl er nicht einbalsamiert worden ist. Alte Frauen erzählen, das komme von der Gottesfürchtigkeit der Fürstin. Der Lohn für die Frömmigkeit ist, dass man nicht zu Staub zerfällt, wie es uns der Pfarrer androht. Was hat die Tote schon von ihrer Frömmigkeit, außer dass sie von ein paar alten Frauen verehrt wird, spottet Mutter.

Auch Maria wird von den Alten verehrt. Dabei hat sie nichts Besonderes vollbracht, behauptet Mama. Gott habe sie ohne ihr Wissen und Zutun, mir nichts, dir nichts, geschwängert und sie gebar ihm einen Sohn. Sie erzog ihn wie jede Mutter auch, sein Vater wie alle Väter kümmerte sich keinen Deut um die Erziehung, sagt Mama, und als der arbeitslose Sohn für seine aufmüpfigen Reden gekreuzigt wurde, weinte Maria. Kameradin Lehrerin freut sich, dass solche Frauen ohne Beruf nicht mehr unser Vorbild sind. Und Kamerad Rektor sagt, Menschen ohne Arbeit seien Schmarotzer und müssten umerzogen werden. Es gibt Arbeitslager in unserer schönen Natur, wo Schmarotzer im Geist der Disziplin und Solidarität Felder bestellen oder Holz fällen. Das ist aber ein großes Geheimnis. Vielleicht ist Mama auch dort und Kameradinnen Schmarotzerinnen bringen ihr bei, fünf Minuten am Tag nichts zu tun. Als ich nachts mal Stimmen in der Küche höre, drücke ich das Ohr an die Tür. Vater erzählt der Großmutter, dass er unsere Mutter besucht hat. Sie arbeitet auf einem Zuckerrübenfeld, höre ich ihn seufzen. Die Vorstellung von Mama in einem Kopftuch, mit einer Hacke in der Hand inmitten von Rüben bis zum betriebseigenen Horizont, geht mir nicht in den Kopf. So vergesse ich es lieber und schleiche zurück ins Bett.

Früher konnten schmarotzende Frauen durch ihr bloßes Sein Männer zu erhabenen Gefühlen und Taten anstacheln. Ein Fremdling, der seine gefangen genommene Liebste zurückhaben wollte, grub auf dem hohem Felsen, worauf die Burg steht, einen Brunnen, und so kaufte er sie nach Jahren schwerer Arbeit frei. Großvater nimmt mich mit auf die Burg und ich stelle mir vor, wie hier die fremde Gefangene mit einem Schleier umherging und schwieg. Wäre sie tätig gewesen und hätte viel geredet, hätte kein Mann den harten Stein ausgehöhlt, meint Mutter. Sie weiß, dass die weibliche Untätigkeit und der männliche Tatendrang zusammen gehören. Daher gräbt Vater keinen Wunschbrunnen. Je stiller die Fremde auf der Burg umherging, umso tiefer drang der Brunnenbauer in den Steinfels, bis er auf das eigene Echo stieß. Wenn ich eine Münze in den Brunnenschacht werfe und mir etwas wünsche, dauert es lange, bis sie auf dem Grund aufschlägt und ihr Klang zu mir hochkommt. Ich lehne mich über den steinernen Rand, schaue in die Dunkelheit und horche. Mein Wunsch fällt und fällt, er hat einen metallenen Verbündeten, der ihn ankommen lässt.

In den Feindesländern geht es den Frauen furchtbar schlecht. Sie sind entweder Hausfrauen oder Prostituierte, was auf dasselbe herauskommt. Ob sie sich für fremde Männer hinlegen, bekleidet nur in knappen farbigen Unterhosen, die sich unsere Fabriken schämen würden herzustellen, oder den ganzen Tag Staub wischen, Geranien gießen und sich abends bücken, um ihrem Ernährer Pantoffeln zu reichen: sie dienen bloß ihren Unterdrückern. Unsere Frauen, sagt Kameradin Lehrerin, brauchen keine Almosen vom Mann. Sie verdienen ihren Lohn als Arbeiterinnen, Ärztinnen, allerlei Direktorinnen oder Gefängniswärterinnen. Im Winter tragen sie dicke weiße Baumwollunterhosen, die Bombardierer heißen, so bombensicher schützen sie Eierstöcke vor der Kälte. Der Staat achtet auf die Eierstöcke der Mütter, in denen künftige Proletarier stets bereit warten. Unsere Frauen haben nie freie Hände, um im Müßiggang Männer zu umarmen, sie haben ein Ziel vor Augen und in den Händen volle Taschen. Eine Mutter ohne schwere Taschen in beiden Händen und ohne Eile, eine Mutter, die sitzt und in die Luft starrt, solch eine unanständige Erscheinung gibt es bei uns nicht.

Hinter dem Meer, sagt Mama, leben die Frauen länger, sie tragen leichte Handtäschchen mit Schminkzeug drin, fahren Auto, dafür reden sie nur Unsinn, erzählen weit und breit, wie sie das Abendessen genossen haben und dass sie sich auf eine Sonntagsbootsfahrt freuen. Sie reden langsam, um ihre Langeweile zu füllen. Wenn sie hinter dem Meer leben würde, prahlt sie, würde sie ein Loch in die Welt machen. So heißt bei uns eine große Tat, und diese ist kein Hügel, den man mühsam aufschüttet, nein, eine große Tat ist ein plötzlicher Schlag ins Gesicht der Welt. Danach bleibt ein denkwürdiges Loch zurück und alle staunen und bewundern das Loch. Mutter schärft mir ein, mich davor zu hüten, schwere Taschen zu tragen und meine Zeit mit langsamem Unsinn zu verlieren, ich solle die Faust machen und studieren, egal was, und als erste Frau in unserer Familie ein Universitätsdiplom nach Hause bringen. Ich soll es den Männern zeigen!

Die Güter sind in der klassenlosen Gesellschaft gleich verteilt, aber bei der Verteilung der Zeit gibt es weiterhin Ungerechtigkeit. Die Zeit einer Frau ist kürzer als die eines Mannes. Das Alter ist wie Regen oder Politik, wir müssen uns ihm beugen. Mutter beugt sich ihm nicht ganz, sie will ihr Frauenalter in die Länge ziehen. Noch haben ihre Geburtstage die Anfangszahl drei. Und solange es so ist, lebt sie. Doch wenn für die Frau der Tag kommt, an dem die Männer auf dem Korso durch sie hindurchsehen, als wäre sie aus Glas, statt sie mit Blicken zu verspeisen, ist es aus, warnt sie mich. Wir dürfen uns noch nicht die Fingernägel lackieren, Kameradin Lehrerin schickt mich nach Hause, um das Purpurrot, das ich Mama gestohlen habe, abzukratzen. Und die Frau, die auf die schreckliche Zahl vierzig zugeht, soll nicht mehr mit farbigen Nägeln auf sich aufmerksam machen. Sie ist keine Frau mehr, die das lackierte Reizen nötig hat. Es wäre besser, deine Mutter würde ihre Finger im Nudelteig verstecken, schimpft Großmutter. Früher, so beklagen es unsere Volkslieder, weinte die Braut am Hochzeitstag, sie durfte ihre Haare nicht mehr bewundern lassen. Eingebundene Haare hießen, dass die junge Frau von nun an in die Sorge um die anderen eingebunden wurde. Heute kümmern sich unsere Frauen weiterhin um die anderen, ob mit oder ohne eingebundenem Haar. Würde eine Frau die Sorge um sich selbst über die Sorge um ihre Liebsten stellen, wäre sie ein Mann, sagt Mama.

Wir lernen in der Schule, die Frau zu ehren. Die Frau, sagt Kameradin Lehrerin, ist vieles, nicht nur gewissenhafte Arbeiterin, sondern auch Mutter. Und bald wird sie ins Weltall fliegen, sie kann mit Leichtigkeit die kosmische Schwerelosigkeit ertragen, da sie schon die irdische Schwere erträgt. Sie packt mit der starken Hand den Hebel des Krans oder das Steuerrad der Straßenbahn und schaut nach vorne, dorthin, wo es keinen Mann gibt. Ein Tag im Jahr ist ihr gewidmet. Dann zeichnen wir ein Herz und schreiben darunter: Ich gratuliere dir, meine allerliebste Mama, zum Tag der Frau. Im ganzen Land wird Kameradin Frau mit Blumensträußen gefeiert und die Männer vergleichen sie mit einer Blume, zart und schön sei sie und darauf müsse man anstoßen. Das Fest der Frau macht mir Angst, es gehört den Männern, die Gehsteige sind voll mit gratulierenden Wankenden. In diesem Frühling zerriss ich auf dem Weg nach Hause das Papierherz. Großmutter ist keine Frau, sie wird nicht ins Weltall fliegen.

Am Ostermontag wird wiederum die Frau durch das Begießen geehrt, eine Ehrung, die keine Errungenschaft unseres politischen Systems ist. Nach diesem heidnischen Brauch müssen bis Mittag alle Mädchen und Frauen nass werden. In den Dörfern werfen unsere Männer die Frauen in den Bach oder kippen ganze Wassereimer über die Schlafenden. Dabei gibt es viel Geschrei und die Genässten werden überglücklich. In der Stadt ist das Begießen verfeinert, die Frauen werden mit Parfüm besprüht. Aus Dankbarkeit gießen sie den Besprühern etwas Scharfes in die Schnapsgläser ein. So werden am Ostermontag Flüssigkeiten zwischen den Geschlechtern ausgetauscht. Wenn es bei uns klingelt, verstecke ich mich, aber so ungeschickt, damit ich sofort gefunden werde. Bis ich zum Mittagessen panierte Hahnschenkel essen darf, dufte ich aus allen Poren. Übersteigt die Zahl der Jungen, die bei uns klingeln, zehn, kann ich mich für begehrt halten. Die Jungen bekommen bemalte Eier, Schokolade und Banknoten, haben sie schon einen flaumigen Bartwuchs, müssen sie auf unsere Gesundheit trinken. Das Besprühen ist einträglich. Ich frage mich, ob die Jungen nur wegen mir kommen.

Es ist ein schweres Los, ein Mädchen zu sein, aber das Beste daran ist, dass aus mir nie ein Mann wird. Ein Mann muss Schnäpse, Bier, Wein, allerlei Gebranntes in sich schütten, freitags oder sonntags, morgens oder abends. Es gilt keine Ausrede, es gibt keine Ecke im Städtchen, im ganzen Land, auch nicht im Bruderland, wo ein Mann ganz ruhig sagen kann, als wäre nichts dabei: Nein, ich will nicht, nein, ich trinke nicht. Ein Mann, der nie erzählen kann, dass er ein mehrstündiges Fenster hatte, setzt sich dem schlimmsten Spott aus. Ein Fenster haben bedeutet nicht, einen Ausblick haben, sondern umgekehrt, den Rausch so weit gebracht zu haben, dass man nichts gesehen und vom Nichtgesehenen wieder alles vergessen hat. Das gilt als die größte Abenteuerreise. Jemand, der kein blindes Fenster hat, beleidigt unser blindes Volkstum.

In unserem Haus lebt ein Mann, der eine blaue Uniform trägt, denn er arbeitet im Himmel. Er fliegt. Er ist Pilot. Ich weiß nicht, ob es die Uniform ist, die einen Mann beisammen hält. Der Pilot aus unserem Haus droht nie auseinanderzufallen wie andere Männer in der Stadt. Er ist wie ein Gemälde, jedes Mal, wenn ich ihn sehe, steht er in der Uniform, sogar in der Wohnung, während seine blonde Frau in einem halboffenen Hauskleid dasitzt und sich auflöst. Sie wartet auf ihn, bis er vom Himmel herunterkommt. Aber er kommt nie richtig herunter, er bleibt nur kurz stehen und schon fliegt er wieder hoch. Ich bin ziemlich verliebt in diesen Mann. Es ist nicht der Umstand, dass er nicht trinkt, der ihn standhaft macht. Wer durch den Himmel fährt, darf nicht trinken. Es kommt von innen, es ist seine Wesensart. Er schlägt anderen Männern nicht auf die Schulter und erzählt keine schlüpfrigen Witze, um sich beliebt zu machen. Er ist auf der Erde genauso allein wie im Himmel. Wenn ich unserem Piloten im Treppenhaus begegne, wie er gerade in den Himmel geht oder von dort kommt, erfasst mich ein Gefühl der Begeisterung, des Stolzes. Ich bin stolz auf ihn, auf mich, auf unser Haus, auf unser Land, auf den Menschen.

Unsere Soldaten tragen wiederum grüne Uniformen, denn sie kämpfen im Grünen. Wenn der Feind sie von weitem beobachtet, meint er, wir hätten bloß viel Grünzeug und keine Armee, da gähnt er und schießt sie nicht ab. So klug hat es unser Staat eingerichtet. Die grünen Kameraden formieren sich vor den Kasernen, marschieren durch die Straßen und singen davon, dass der Militärdienst zwar lange dauere, dafür mache er aus den Knaben Männer. Ich renne zum Fenster, um die vorbeiziehende Mannwerdung zu bewundern und lehne mich hinaus wie eine Prinzessin, zu deren Ehre Prinzen vorbeiziehen. Jeder von ihnen sehnt sich danach, von ihr auserwählt zu werden. Doch ich will keinen Einzigen, so eine verwöhnte Prinzessin bin ich nämlich. Manchmal schaut einer zu mir herauf und zwinkert mir zu und ich erröte, lache, halte mir den Mund mit der Hand zu und schließe schnell das Fenster. Kaum verschwindet die Kompanie hinter der Metzgerei, schon zieht mich eine süße, traurige Kraft nach unten, zu dem Dorfjungen, der jetzt grün trägt und durch unsere Stadt marschiert. Einmal legte ein Soldat die Hand auf meinen Kopf und sagte zu Mutter: Ihre Tochter hat wunderschön glänzendes Haar. Es dauerte eine ganze Weile, bis ich begriff, dass das Lob mir galt. Unter der großen Soldatenhand war es, als würde mich Gott persönlich unter seinen grünen Schutz nehmen, mitten in unserem merkwürdigen Leben, in das ich mit einer Sturzgeburt hineinglitt, ohne darauf zu achten, wo ich lande. Seitdem bin ich da und will Heldin oder Piratin werden, obwohl der Heldenkrieg vorbei ist und wir kein Meer haben.

Wenn im Sommer das Motorradrennen veranstaltet wird, schaue ich auf ein Kissen gestützt aus dem Fenster auf die schweren Maschinen, die um die Wette dröhnen. Entlang der Straßen sind Strohballen aufgestellt und es geschieht öfter, dass ein Motorrad sie rammt und sie Feuer fangen. Vom blauen Benzinrauch, der die Stadt füllt, von der Brandnähe, vom Wettgeist sind wir erregt und jubeln. Die Motorräder legen sich vor unseren Fenstern fast waagrecht in die Kurve und rattern um die Lieblingskapelle der Großmutter. Die Fahrer tragen hohe schwarze Stiefel, Lederanzüge, Helme mit Brillen und auf ihren Rücken prangen große Nummern. Ich bin dabei, bin in den Körper jedes Fahrers gekrochen, die Schenkel drücken sich an den weichen Sattel, ich lege mich genüsslich in die Kurve, streife mit dem Helm fast den Boden, bin trunken vom Benzinduft, drehe und drehe Kreise um unser Haus, winke mir vom Fenster aus zu und rufe: Bravo, bravo!

Unweit unseres Hauses steht das Militärgericht mit dem Militärgefängnis – ein massives, dunkles Gebäude mit vergitterten Fenstern. Darin lebt eine Männerwelt mit Befehlen, Orden, Strafen, Zigaretten und Lachsalven. Man hört von dort Wortfetzen der eingesperrten Soldaten, die sich Neuigkeiten zurufen. Von unserem Hof aus kann ich sie nicht verstehen, aber wenn ich die Tochter der Augenärztin besuche und wir im Garten Veilchen pflücken, kreisen die Stimmen direkt über uns und wir bücken uns noch tiefer zu den Veilchen.

Ich habe einen revolutionären Traum. Der Bruder sitzt in Handschellen auf der Anklagebank in unserem Gerichtsgebäude und Kameradin Richterin ermutigt mich: Erzähle, vergiss nichts, wir brauchen ein umfassendes Bild des Verbrechens. Ich rede und mit jedem Wort fallen die eingesteckten Schläge von mir ab, ich richte mich auf, wachse und wachse. Kameradin Richterin schaut den Bruder streng an, er senkt den Kopf und schrumpft, die Schlägerarme hängen lahm herunter. Peťo bestätigt meine Aussage und Mutter steht schluchzend zwischen mir und dem Bruder. Kameradin Richterin bleibt davon unbeeindruckt und beschuldigt sie der unterlassenen Hilfeleistung. Vater sitzt wie ein Schüler in der ersten Reihe und muss zur Kenntnis nehmen, wie alt seine Kinder sind. Alle Beteiligten sind ernsthaft dabei, das Verbrechen aufzuklären, und niemand winkt ab: Was für ein Aufwand wegen Lappalien! Am Tag der Urteilsverkündung ist das Gerichtsgebäude rammelvoll, es herrscht revolutionäre Stimmung. Von diesem Präzedenzfall hängt das Schicksal vieler Brüder und Väter ab. Manchmal male ich mir aus, dass der Bruder zur Strafe zwanzig Jahre in den Minen schuften muss, mal finde ich lebenslänglich gerechter. Da ich human bin, plädiere ich nicht für eine Hinrichtung. Nach dem Prozess gratuliert man mir und eine neue Ära der Säuberungen von Schlägern in unserer Stadt fängt an.

Zwar bleibe ich im Hof, aber ich verschiebe mich mit atemberaubender Geschwindigkeit wohin ich will. Ich sehe den Hof wie ein Stein ihn sieht, der dort liegt. Ich brauche mir den Stein bloß zu denken, schon sitze ich in ihm drin, sehe die Sohlen der Menschen, wie sie auftreten, und fürchte mich nicht, denn ich bin hart, unverwüstlich und alt. Unsere Hennen kenne ich so gut wie kein anderes Tier. Wenn es heiß ist, buddeln sie sich im staubigen Boden ein und gackern leise. Das klingt nach Glück. Ich vergesse mich, krieche mit halboffenen Augen ins Hennenherz hinein, beobachte die Welt aus dem Innern eines gedankenlosen Wesens, hebe ein gelbes Bein mit vier langen Krallen hoch, bewege den Kopf ruckartig hin und her. Ich könnte gackern, so sehr werde ich zur Henne.

Im Sommer gehe ich mit dem Großvater auf eine hochgelegene Waldwiese. Großvater legt sich einen Stein unter den Kopf und schaut in den Himmel. Oder er sammelt Brennesseln und peitscht damit seine Knie aus. Wenn ich mit dem Bein zufällig eine berühre, ist das Kribbeln unangenehm. Großvater führt sich den Schmerz selber zu, er weiß, dass das Brennen den Gelenkschmerz überlistet und heilt. Ich lerne von ihm, dem Schmerz den richtigen Namen zu geben, und er wird erträglich. Wenn ich mir das Knie aufschürfe, sagt er: Du brauchst keinen Doktor und keine Apotheke, du selbst bist ein Medizinschrank, dein Speichel wirkt wie Penicillin. Ich sitze unter einem Kirschbaum, lecke meine Wunde wie ein verletzter Fuchs in der Höhle und Großvater ist neben mir. In seiner Gegenwart glaube ich an meinen Speichel und schon tut das Knie nicht mehr weh. Ich habe viele Narben an meinen Knien und jede erinnert mich an Großvater.

Er ist auch in meiner allerersten Erinnerung. Als ich vier Jahre alt war, ging ich mit ihm über den vereisten Fluss. In einer Eisscholle am Ufer fanden wir einen erfrorenen Fisch, der erstarrt mit offenem Maul wie in einer Vitrine lag. Ich wurde traurig und fragte Großvater: Wird der Fisch nie mehr schwimmen? Und er sagte: Wenn der Frühling kommt, wenn das Eis schmilzt, wird der Fisch wieder lebendig. Ich sah ihn schon schwimmen und ruderte mit den Armen. Ich bin im Zeichen der Fische geboren und ähnle dem Fisch, der manchmal erfriert und wieder auftaut. Auch Mama ist jetzt wie ein Fisch in der Eisscholle, aber eines Tages wird es warm werden und sie wird zu uns eilen. Der Pfarrer erzählt, dass Christus nach der Kreuzigung auferstanden sei. Ich weiß nicht, was er damit meint. Wenn auf dem Heimweg vom Ostergottesdienst eine Wasserlache zugefroren ist, zertrete ich sie, bis das Wasser heraufquillt.

Wenn die dicke Eisdecke auf dem Fluss Risse bekommt und Eisschollen mit der Strömung hinuntertreiben, renne ich mit den Hofkindern zum Ufer. Das Eisbrechen klingt feierlich wie das Glockengeläut. Es ist die Sonntagsmesse der Natur ohne Weihrauch und Worte. Die Schollen schieben sich mit Wucht übereinander, zerbersten und darunter werden die Wellen lebendig, sie lecken die Schollen ab und weichen sie auf. Ich stelle mir erfrorene Fische vor, die jetzt erwachen. Wir hüpfen vor Freude, schreien mit dem Tosen des Flusses um die Wette, möchten von Eisscholle zu Eisscholle springen, sind kaum zu halten. Es ist, als riefe uns der Fluss zu sich, um uns zu prüfen. Im Traum sehe ich mich zwischen die Eisschollen stürzen, mit den Wellen kämpfen, und auf einmal zieht mich Großvater an einer Brennessel aus dem Wirbel und auf eine blühende

Wiese hinauf, mein Körper brennt und ein kleiner Fuchs leckt mich ab.

Im Sommer hat der Fluss lange, klebrige Wasserpflanzen, die mich beim Schwimmen umgarnen und nach unten ziehen. Ich befreie mich wütend aus dem Sog dieser Gehilfinnen des Wassermannes, der gerne Mädchen zu sich holt. Ich weiß, dass er die Bräute in seinem Unterwasserreich in Einmachgläser sperrt. Sie sind wie pausbackige Aprikosen, die Großmutter mit einer Unmenge Zucker lange einkocht, rührt und die braune Masse in Gläser stopft. Der Wassermann versüßt seinen Frauen das Gefangenenleben, kocht ihre Seelen in Zucker, damit sie nie mehr Lust verspüren, an Land zurückzugehen. Zwar meint man, er sei eher ulkig als böse, aber ich finde es böse, dass seine Frauen bei ihm eingekocht und stumm sitzen müssen. In unserer Stadt sind Ehen anders als im Unterwasserreich, bei uns sitzen beide Eheleute in einem Einmachglas mit Gummiverschluss.

Einmal geschieht etwas, was ich niemandem erzählen kann. Ich stehe am Flussufer, schaue auf die fortschrittlichen Gifte, die von der Papierfabrik hinuntertreiben und das Wasser schwarz färben. Ich leide mit dem Fluss wie mit einem kranken Tier und sehe keinen Ausweg, kein Heilmittel und werde traurig. Auf einmal erhebt sich der Fluss über meinen Kopf und ich folge ihm mit den Augen. Der eine Fluss unten bleibt weiterhin trüb, aber sein Doppelgänger oben ist durchsichtig, ich erblicke sogar Steine in den hellgrünen Fluten über mir. Seitdem weiß ich: Es gibt zwei Flüsse, zwei Wälder, zwei Städte, von allen Dingen auf der Welt gibt es auch deren reines Abbild. Der eine Fluss, der eine Wald, die eine Stadt sind anfällig für allerlei Gifte und wir sehen nur sie, aber ihre Doppelgänger im Himmel bleiben unberührt vom Schmutz. Das Abbild ist vielmehr das Urbild. Es gibt eine andere, erste Welt über meinem Kopf. Oder etwas tiefer – hinter meiner Stirn?

Es tut gut, nach oben zu schauen. Wenn die Hofkinder noch am Mittagstisch sitzen und im Hof helle Töne zu hören sind, wenn das Besteck auf Porzellan stößt, gehe ich auf meine Wolkenwarte, klettere aufs Garagendach, lege mich auf das warme Blech und beobachte die Wolken. Ich wähle eine aus und schaue sie solange an, bis ich darin eine Form erkenne – das Profil eines jungen Mannes, dessen Nase länger und länger wird, sein Kinn schwillt an und schon ist er eine alte Frau mit einem Doppelkinn geworden, die schnell ihren Hinterkopf verliert. Bald wird daraus eine Tänzerin mit einem angewinkelten Bein. Aus einer anderen Wolke starrt mich ein Vogelauge an, das allmählich leer wird, bis es einem Totenkopf gehört. Noch erschrecke ich, wenn sich der Totenkopf aus einem Gesicht herausschält, doch auch er ist nicht ewig. Seine eingefallenen Wangen dehnen sich, bald macht er eine Grimasse und ein Windhauch zerreißt den ganzen Spuk. Manche Formen sind schön, manche abstoßend, ich kann sie nicht lenken, nicht festhalten. Kaum entstanden, nagt schon der Zerfall an ihnen. Die Wolkenbilder ähneln den Gedankenfetzen der Menschen, die aus ihren heißen Köpfen verdunstet und hochgestiegen sind und für uns ein himmlisches Theater veranstalten. Diese Verwandlungskunst macht mich neugierig auf alles, was noch kommen mag.

Wenn ich im Freibad schwimme, bin ich zuerst ein Fremdkörper darin, aber durch das Schlagen der Arme und Beine weiß das Wasser nicht mehr, wie dicht oder lose seine Moleküle sind. Nach einer halben Stunde haben wir uns durchmischt. Das Wasser meint, ich sei ein Teil von ihm, und ich denke es ebenfalls. Ich sehe beim Rückenschwimmen Schwalben über mir kreisen oder ein den Himmel zerschneidendes Flugzeug, das eine weiße Narbe hinterlässt. Ich borge dem Wasser meine Augen und das Wasser ist mir dankbar dafür Schwalben und Flugzeuge sehen zu können. Ohne mich würde es sich blind hin und her wälzen und keinen Aus- und Durchblick finden. Und ich bin dem Wasser dankbar, dass es mich beim Schauen trägt, mich vergessen lässt, dass ich klein und zerbrechlich bin.

Im Winter gleite ich mit Schlittschuhen übers Wasser. Auf der Kunsteisbahn üben wir, vorgezeichnete Kreise zu drehen und nach dem Sprung auf hartem Eis weich zu landen. Scharfe Kanten schneiden knirschend das frisch gemachte Eis, meine Spur kreuzt sich mit den anderen und verliert sich in einem Knäuel von Spuren. Ein wiederkehrender Alptraum sucht mich heim: Ich bin eingeklemmt unter einer dicken Eisdecke, drücke mein Gesicht daran, die Hofkinder fahren darüber und sehen mich nicht. Dann wache ich verschwitzt auf. Abends lässt Großmutter Wasser aus dem Schlauch und am nächsten Tag spielen wir Hockey auf dem vereisten Hof. Von Vater haben wir Hockeyschläger und einen Puck bekommen. Im Winter ist er Hockeytrainer und schreit seine Mannschaft an und die Spieler wissen: Sport ist Wut und Geschrei. Wenn im Sommer Fußballspiele im Radio übertragen werden, dröhnt es aus den Lautsprechern, die auf Dächern und an Masten angebracht sind. Wir brauchen überall Lautsprecher, damit wir rechtzeitig erfahren, wenn der Krieg ausbricht, und solange Frieden ist, krachen daraus Sportkommentare und an Feiertagen neue Schlager. An einem gewöhnlichen Sommersonntag gehört der Luftraum den Männern. Gut, dass Großvater kein Fußballfan ist und mich in den Wald mitnimmt.

Dort führe ich lautlose Gespräche mit den Bäumen. Wenn ich einen Baum anschaue und ihn lobe, erzittern seine Blätter, freuen sich, als habe der Baum darauf gewartet, dass ihn jemand wirklich sieht. Es ist ungeheuerlich, dass ein starker Baum sich etwas aus den Komplimenten eines Mädchens macht. Braucht der Baum Liebe wie ein kleiner Hund und wedelt er daher mit den Ästen? Kaum lobe ich den Baum, schon kommt ein Wind angeflogen, als gäbe es einen Schalter und eine Leitung. Mit dieser Energie habe ich noch keinen Kurzschluss erlebt. Sonst haben wir oft Stromausfälle und zünden eine Petroleumlampe an. Wenn ich lange in die Flamme blicke, sehe ich darin lachende Figürchen. Wenn ich den Baum anschaue, krieche ich nicht in ihn hinein wie in die Flamme, in die Henne oder in den Stein. Für den hohen Baum bin ich eine Freundin, außerhalb von ihm, verschieden von ihm. Er hat eine raue Rinde und seine Tränen sind dickflüssiges Harz. Er stellt mich in den Schatten und ich gebe ihm meine Stimme. Ich gehe mit dem Großvater durch den Wald und lobe mal rechts, mal links einen Baum, und der Wald biegt sich, wiegt sich und rauscht: šumi, šumi. Mit diesen zwei Silben fängt der Name des Großvaters an. Und wenn es Chrast macht, ist ein Reh oder ein Vogel im Gebüsch. Chrast ist die dritte und letzte Silbe in Großvaters Namen.

Während des Krieges ging Mutter auf die Straße, wenn etwas los war. Zuerst marschierten die Truppen des Feindes ein, und sie staunte, wie groß gewachsen und schön diese Männer waren, die mit fremden Stiefeln durch unser Land stapften. Offiziere mit Epauletten und goldenen Knöpfen gefielen ihr und sie taten ihr Leid. Sie marschierten weiter ins größte Land der Welt, um sich auch dieses zu unterwerfen. Sie ahnte, dass sie dort in der Kälte ihre Schönheit verlieren würden. Mutter findet es schade, wenn jemand die Schönheit verliert, egal ob Freund oder Feind. Und es kam, wie sie es vorausgeahnt hatte – einige Jahre später humpelten nur noch Wracks mit erfrorenen Gliedern zurück in ihr Reich und sie stand wieder auf der Straße und schüttelte mitleidig den Kopf und vergaß, dass die ehemals schönen Feinde auch grausam gewesen waren. Das ist das Schöne an Mama, sie ist nicht nachtragend.

Nach den Feindestruppen kamen die Befreier. Ein Befreier nahm Mama das Fahrrad weg und radelte lachend die Straße hinauf und hinunter. Sie stand in einem gebügelten Sommerkleid da, geschminkt und gut frisiert wie immer, Krieg hin oder her. Sie sollte über das Ende des Blutvergießens jubeln, aber sie hatte eine Vorahnung, dass mit der Befreiung etwas nicht stimmte. Auch wollte sie ohne ihr Fahrrad nicht nach Hause gehen. Da wurde der Befreier müde und gab ihr das Fahrrad zurück, aber er flirtete nicht mit ihr, sagte nicht: Dankeschön. Und überhaupt, er gefiel ihr gar nicht. Dabei kam er aus dem größten Land der Welt und war unser bester Freund. Aber Mama interessiert sich nicht für Freunde, die keine Ahnung vom Flirten haben.

Als noch Krieg war, fand der Bruder meiner Mutter die marschierenden Offiziere gar nicht schön, er wurde wütend und nahm das Gewehr. Es gab viele, die so handelten, und wir lernen in der Schule, dass dies der Nationale Aufstand war. Mein Partisanenonkel schoss aus dem Wald auf die Feinde und ließ unserer Mutter ausrichten, sie solle sich ihm anschließen. Sie wiederum ließ ihm ausrichten, der Wald sei nichts für sie, sie habe andere Kämpfe auszufechten. Nachdem die Feinde den Widerstand zerschlagen hatten, sperrten sie den Onkel ein. Da schminkte sich Mama für ihren bevorstehenden Kampf, bestach den Wärter mit einer Flasche, und schon wurde der Onkel in eine andere Zelle verlegt und nicht hingerichtet. Nach dem Krieg ging er über viele Grenzen, jetzt lebt er hinter dem großen Meer und schickt uns Farbfotos, während wir mit Schwarzweißbildern gut auskommen. Er ist kein Partisan mehr, er lebt in Saus und Braus und in Farbe. Seine Frau steht vor ihrem Eigenheim, zwischen zwei gestreckten Fingern hält sie eine Zigarette und die andere Hand stemmt sie in ihre flache Hüfte, damit wir begreifen, wie sehr sie lebt. Sie ist dünn wie ein Teenager, trägt eine enge Dreiviertelhose und ein schwarzes Leibchen mit einem Ausschnitt ohne jegliche Erhebung darin, so dass unsere Männer sagen, der arme Onkel habe gar nichts in der Hand. Bei uns denken die Männer weiterhin wie ehemalige Gutsbesitzer, als gehörten ihnen die wichtigsten weiblichen Körperländereien. Wenn ich groß bin, werde ich die Gutsbesitzer enteignen.

Als der Onkel noch im Wald kämpfte und ab und zu in die nächste Stadt ging, um im Radio zu verkünden: Tod den Okkupanten, da hatten die Feinde seine Stimme erkannt und Großvater eingesperrt. Aber Mama hat auch ihn befreit. Sie vergaß sich zu schminken, so aufgebracht eilte sie zum Kommandanten und sagte ihm, ganz ohne Charme, er solle sie anstelle ihres Vaters verhaften, sie sei jung und stark. Der Feind lachte: Gnädiges Fräulein, ich kann beide behalten, alt und jung, warum denn nicht. Aber er muss ein halbwegs gutmütiger Feind gewesen sein und Mamas Mut gefiel ihm, er hielt ihr nämlich galant die Tür, und so kamen beide, alt und jung, wieder nach Hause. Die Kriegsgeschichten hat mir Mama erzählt und diese ist die schönste. Wäre ich schon erwachsen, würde ich ungeschminkt vor unseren Präsidenten treten und ihm sagen: Verhaften Sie mich anstelle meiner Mutter! Es ist schön, wenn jemand jung und stark und ungeschminkt vor den Präsidenten tritt, auch wenn in Friedenszeiten ein Mensch den anderen nicht ersetzen kann wie in Zeiten des Schießpulverdunstes. Im Frieden ist die Luft klar, jeder hat seinen festen Platz, und mein Platz ist im Hof.

Vater war im Krieg Reservist, er focht in der Kaserne Sportkämpfe aus und davon blieb er unversehrt, während andere Männer an der Front starben oder verletzt vom Krieg zurückkamen. Noch dazu beherrschte Vater Fremdsprachen, er war nämlich in der Welt herumgekommen, hatte in fremden Städten studiert, und so galt er als ein begehrter Junggeselle. Als es Mutter gelang ihn zu kriegen, beneideten sie ihre unverheirateten Freundinnen. Das war Grund genug ihn zu heiraten. Sie sind ein schönes Paar. Vater hat eine durchtrainierte Figur, nicht zu groß und nicht zu klein, nicht zu hager und nicht zu dick, blaue Augen und eine breite Boxernase, aus der er sich als junger Boxer den Nasenknochen hatte herausoperieren lassen. Weich und höckerlos ist sie, man kann dreinschlagen wie man will, beim Vater gibt es nichts mehr zu brechen.

Dass Großmutter von unseren Feinden abstammt, ist ein Geheimnis. Daher kocht sie ungewürzt, ist mager und diszipliniert. Das sind Eigenschaften unserer Feinde. Wenn es niemand hört, bringt sie mir einen Satz in der Feindessprache bei, die sie zur Weltsprache erklärt. Sie freut sich, wenn ich sie morgens mit dem Weltsprachensatz begrüße: Guten Morgen, Großmutter, ich möchte eine Semmel mit Butter und eine Tasse Zichorienkaffee. Dabei will ich gar keinen Zichorienkaffee, er schmeckt bitter. Ich glaube, unsere Sprache ist keine Weltsprache, aber sie klingt so, als wäre sie eine, der Hof ist voll von ihr und sie übertönt Großmutters Weltsprache. Um die Ecke lebt eine Schwester der Großmutter. Ich bringe ihr manchmal Essen in drei aufeinandergestapelten Töpfen – im ersten ist Hahnsuppe mit Nudeln, im zweiten sind Hahnschenkel und im dritten Kartoffeln mit Petersilie. Die Tante lebt ganz alleine in einer kleinen Villa mit abgerundeter Vorderseite. Sie sei selber schuld, sagt Mutter, sie habe beide Söhne dem Feind geschenkt, sie seien dann in Uniformen gesteckt worden und hätten sich begeistert den Marschierenden ins größte Land der Welt angeschlossen. Dort wurden sie getötet.

Da unsere Feinde den Krieg verloren haben, beeilten sich ihre Stammesangehörigen, die bei uns seit Jahrhunderten gelebt hatten, das Land zu verlassen. Sie fürchteten die Rache der vorrückenden Befreier und die, die es nicht eilig hatten, wurden gefangen genommen und ins Feindesland abtransportiert. Das erzählt mir heimlich meine Mutter, in der Schule lernen wir nichts darüber. Von der großen Familie der Großmutter blieben bei uns nur wenige zurück. Sie geben sich nicht als die, die sie sind, zu erkennen und wagen es nicht die Weltsprache zu sprechen. Auch

Großmutter hat sich die Tarnkappe unserer Sprache über beide Ohren gezogen und man hört nicht, dass es nicht ihre Muttersprache ist. So wissen weder die Hofkinder noch meine Klassenkameradinnen, dass ich ein Viertelfeind bin. Ich selbst weiß es auch nicht. Feind und Großmutter sind zwei Dinge, die ich nicht unter einen Hut bringe. Ich klingle also an der Tür der kleinen Villa und die Tante, die ihre Söhne verschenkt hat, öffnet mir, bittet mich hinein und ich übergebe ihr das Essen. In ihrem runden Wohnzimmer steht auf einem kleinen runden Tisch eine runde Dose, aus der die Tante ein rundes Bonbon herausnimmt und es mir in die Hand drückt. Dann klappt sie die Dose akkurat zu, begleitet mich hinaus und schließt die Tür. So dicht ist ihre Einsamkeit.

Die Inseltante wiederum gehört zu einem Volk, das im Krieg verfolgt war und es schwer hatte. Großmutter war eingeschnappt, dass sich ihr Erstgeborener mit einem verbotenen Volk vermischt hatte, ging zu den Kollaborateuren unserer Feinde und verriet ihnen die Abstammung meiner Tante. Als Mutter es mir erzählt, wird sie wütend auf die Großmutter, als sei es gestern geschehen. Die böse Tat hatte nämlich schlimme Folgen. Die Kollaborateure packten die Tante und schickten sie in einem Viehwaggon mit anderen Fremdrassigen in ein Todeslager. Wie es die Tante geschafft hat, lebendig zurückzukommen, erzählt mir Mutter nicht. Die anderen aus den Waggons, sagt sie, seien nie zurückgekommen. Nun war die Tante wieder in der Stadt, harrte in einem Versteck aus und der Onkel hörte nicht auf, sie zu lieben.

Dann übernahm mein Vater die Aufgabe, die Vermischung mit einem unerwünschten Volk zu vereiteln. Er hat Wein besorgt, die Tante eingeladen, ihr Komplimente gemacht und sie gestreichelt. Dann ging er auf den Korso und plauderte es aus. Dass Vater so mies war, verrät mir eines Nachts der Bruder. Er mag unseren Vater nicht, weil dieser ihn beleidigt. Er erzählt herum, dass der Bruder elf Jahre alt sei, dabei ist er schon dreizehn! Nun wussten also alle auf dem Korso, dass die Tante ein lustiges Mädchen ist. Sagt man von einem Mädchen, sie sei lustig, ist es eine Schande für sie und die ganze Familie. Die Flaneure dachten, unser Onkel würde die Tante, deren Lustigkeit nun bekannt war, zum Wasser schicken, was soviel wie zum Teufel schicken bedeutet. Er aber band sie mit dem Band der Ehe an sich. Da war der Krieg schon zu Ende und sie verließen unser lustiges Land. Die Tante hat auf der Insel kein Kind geboren und Großmutter sagt, die Unfruchtbarkeit sei eine Strafe für die weibliche Lustigkeit. Die Tante ist auch sonst kein Vorbild, sie hängt mit ihren Augen an meinem Onkel wie Lianen am Baum – auf heißen Inseln gibt es Unmengen von Lianen – und flüstert ihm abends zum Zikadengesang zu, er sei klug und schön. Und er glaubt es, empört sich Mutter, die kein Tropenabend zu solchem Unsinn verleiten würde. Mutter sagt, kinderlose Frauen verwöhnten ihre Männer ungebührlich. Ich soll meine Eierstöcke warm halten, Kinder kriegen und Männer hart wie die Arbeit anfassen.

In meiner Nase wächst ein Knorpel, der schon erwachsen werden will und mich am Atmen hindert. Gegen Ende der Unterrichtsstunde ersticke ich fast, vierzig

Kinder atmen den knappen Sauerstoff weg, im Winter atmet das Feuer im Ofen mit und mir wird schwindlig. Die Fenster im Klassenzimmer dürfen nur in der Pause geöffnet werden, damit der mikrobenreiche Durchzug uns nicht erwischt. Dann treibt man uns in den Schulhof und im Winter in den Gang hinaus. Wir müssen uns bewegen, davon werden unsere Hirnzellen wieder frisch. Zwei vom selben Geschlecht halten sich an den Händen und drehen unter Aufsicht Kreise im Gang. Auf unserem kleinen Korso wird gekichert und getuschelt, Neuigkeiten werden ausgetauscht und das regt die Sauerstoffzufuhr an. Außerdem werde ich in meinem Inselkleid gesehen und ich sehe alle, in die ich mich verlieben könnte, während das Erwachsenwerden in der Nase wächst und wächst.

In unserer Klasse gibt es fünf Mädchen, die keine Fünflinge sind, dabei tragen sie alle die gleichen Kleider. Ich erschaudere ob ihres Mutes, zu fünft gleich angezogen in die Schule zu kommen. Der Kleiderstoff ist rot und kleinkariert, die Form gerade. Man weiß, dass es der Staat ist, der ihnen die Kleider schenkt. Mutter sagt: Der Staat hat keinen Geschmack. Die schweigsamen Waisenmädchen sind den Blicken und dem Mitleid der ganzen Stadt ausgesetzt. Sie gehen gleich angezogen auch in den Wald und ins Kino, sie dürfen nie Mädchen sein, sie sind immer Waisen. Ich fühle mich hingezogen zu ihnen und besuche sie im Waisenhaus in der Nähe des Friedhofs. Der Plattenbau mit einem kahlen Hof davor sieht wie eine Kaserne aus. Nur der Löwenzahn durchstößt die winzigen Freiräume zwischen den Pflastersteinen vor dem Eingang. In den Gemeinschaftzimmern liegen keine Sachen neben gemachten Betten herum, keine Bilder hängen an den Wänden, es riecht nach Desinfektionsmittel und die Gänge sind düster. Wenn ich im Waisenhaus bin, kommt es mir vor, als gäbe es bei uns daheim unnütze Dinge. Der Onkel und die Tante haben uns ihre Möbel da gelassen, um unbeschwert auf ihre Insel zu fliehen. Das Haus wird schwer von den dicken Sesseln und den Vitrinen mit ihren Metallgittern. Jemand wird eines Tages ihre gepolsterte und vergitterte Vergangenheit erben und sich darin bequem einrichten. Ich will es nicht bequem haben.

Wem, wenn nicht den Waisen, könnte ich von der Leere erzählen, die Mutter bei uns hinterließ. Doch ich tue es nicht, ich fürchte, ich könnte den Mädchen damit weh tun oder sie würden mich verspotten. In ihren Augen habe ich kein Recht auf Klagen. Meine Mutter lebt in einer Zelle und denkt an mich. Die Waisenmädchen haben niemanden, der sich um sie Sorgen macht. Es sind die Sorgen anderer, die uns beschützen, sagt Großvater. Im Waisenhaus fühle ich mich schuldig, wie ein bürgerliches Element mit vielen Reichtümern: einer Großmutter, einem guten Großvater, einem Sonntagsvater und einem blöden Bruder, noch dazu im eigenen Haus, wo es auch Platz für Proletarierkinder gibt. Die Waisenmädchen haben nur den Staat. Sie leben in Räumen ohne Vergangenheit, sie sind nicht verstrickt in die Fäden einer summenden Strickmaschine, sie sind noch Kinder und schon ohne Familienbindungen. Sie wirken erwachsen und geheimnisvoll. Die Leere und die Strenge, in der sie leben, erscheint mir wie eine mich ermutigende Freiheit. Ich stehe den gleich angezogenen Mädchen gegenüber, schaue in ihre verschiedenen und gleich harten Gesichter und denke Ungeheures: Es ist möglich, den Tod unserer Nächsten zu überleben und weiter zu spielen, zu lernen und zu hoffen. In der Nähe der Waisen wird der Tod gewöhnlich, überwindbar. Ich beneide die Waisen, dass sie das Schreckliche schon hinter sich haben. Ich fürchte mich noch davor, alleine zu bleiben. Die gleich angezogenen Waisenmädchen sind die einzigen Heldinnen, die ich in unserer Stadt kenne. In wichtigen Dingen sind sie verschwiegen und darin sind wir gleich. Diese Gleichheit stärkt mich.

Nur ein um drei Jahre älteres Waisenmädchen ist anders, es ist Ľudka und sie hat einen richtigen Freund. Er ist schon ein Mann und Ľudkas Präsident. Sie fügt sich den ganzen Tag lang dem männlichen Blick, auch wenn der Blick nicht da ist, sie gähnt nie und bohrt nicht in der Nase. Sie trägt als Einzige einen Büstenhalter, und wenn sie aufgerufen wird, geht sie mit herausgestrecktem Hintern durch die Bankreihe. Bei der Tafel angekommen, weiß sie keine Antwort, errötet, lächelt, klimpert mit den dichten Wimpern vor ihren blauen Augen, als wäre Kameradin Lehrerin ein Mann, der ihr verzeiht und Kleider schenkt, damit man nicht sieht, dass sie eine Waise ist. Sie schämt sich, eine kleine Frau zu sein, die nicht von einer Mama, sondern von einem Mann eingekleidet wird, und macht sich mit aller Kraft weich, um dem geschenkten rosaroten Mohairkostüm gerecht zu werden. Die Proletariermädchen kichern, dass Ľudka am Wochenende mit ihrem Liebsten unter Daunendecken liegt. Ich sitze hinter Ľudka und schaue sie mit zwei Blicken an, mal als Mann und mal als ich selbst. Schaue ich Ľudka als Mann an, ziehen mich ihre Brüste an, ihr Profil mit niedlichem Stupsnäschen und Schmollmund, die ganze zierliche Gestalt, gekrönt vom toupierten Haar. Ich würde sie am liebsten von hinten umarmen und ihr Küsse ins luftige Haar hauchen und mich darin verlieren. Schaue ich Ľudka als ich selbst an, sackt das Luftige in sich zusammen und ich sehe ein verzweifeltes Waisenmädchen, das auf eine weiche Art das harte Überleben übt und keine Kraft zum Lernen hat.

Wenn Penicillin gegen Angina nicht mehr hilft, gibt es das Skalpell. Der Doktor heißt mich auf dem Hocker Platz zu nehmen, setzt sich mir gegenüber und klemmt meine Beine zwischen seine starken Schenkel ein. Die Krankenschwester bindet mir die Hände hinter dem Rücken fest und hält meinen Kopf. Ich soll den Mund weit öffnen und dann sagt der Doktor etwas Wunderbares, er sagt streng wie zu einem Soldaten: Ich weiß, du bist ein mutiges Mädchen. Woher weiß er das? Noch niemand verglich mich mit unseren Helden und die Anerkennung breitet sich in mir wie eine Narkose aus, ich bin bereit, den großen Mann nicht zu enttäuschen. Als er blutige Klumpen aus meinem Hals herausschneidet und sie auf ein silbernes Tablett vor mein Gesicht legt, rühre ich mich nicht und vergieße keine Träne. Ich schaue gleichgültig, als ein Stück aus meinem Innern im Abfallkorb verschwindet.

Sonst sehe ich meinen Körper nicht, ich wohne darin und gehe nicht hinaus. Bloß wenn meine Eltern ihn beobachten und sich darüber unterhalten, wie fehlerhaft oder wie schön er sei, verkrampft sich mein Haus, wird hart wie Mauern, damit die elterlichen Worte nicht hineindringen. Als wären sie Hausbesitzer, gleiten Vater und Mutter mit ihren Blicken über meine Glieder wie über Säulen und beschließen Reparaturen. So erfahre ich vom Vater, dass Tennisbeine lang und gerade sein sollen und dass an mir außer ihnen nichts Beachtenswertes sei. Im Bett strecke ich die Beine und sehe bloß Zotteln. Mutter tröstet mich, zottelige Beine gefielen den Männern, je schwärzer und dichter, umso temperamentvoller sei die Frau. Der Weg, um meiner Mutter zu gefallen, ist ganz und gar mit männlichen Blicken gepflastert. Solange es die Hoffnung gibt, dass Männer ihre Wünsche an meinen Zotteln festmachen, bleibt mir die mütterliche Liebe erhalten.

Nóra hat kurze O-Beine und keine Zotteln. Nóra ist klein, sie könnte mit jedem Jungen gehen. Es gibt ein Lied, das den kleinen weiblichen Wuchs besingt, es erklingt aus den Lautsprechern in der ganzen Stadt. Ich bin die Zweitgrößte in der Klasse und mit jedem Zentimeter, der hinzukommt, schwinden meine Chancen. Mädchen müssen zu den Jungen empor- und nicht auf sie herabschauen. Unsere Jungen sind keine Männer, sie kümmern sich nicht um das weibliche Zotteltemperament, sie haben lieber glatte, kurze O-Beine. Zotteln bleiben mir bis ans Lebensende erhalten, man kann sie nicht abrasieren, dann sprießen sie nämlich noch dichter nach, warnt mich Mutter. Zotteln sind wie Gedanken, sie haben die Eigenschaft, sich zu mehren, alles zu füllen, und seit diesem Frühling sprießen sie auch über der Oberlippe. Nachts wache ich gebettet auf Zotteln auf, und in der Brust flattert ein verletzter Spatz. In der Kirche bitte ich Maria mit ihrem lieben ovalen Gesicht, dass sie mich nicht mehr wachsen lässt, und falls sie mich nicht erhört, gibt es den Wald, wo Zotteln und großer Wuchs unter den Bäumen verschwinden und nur der Mut zählt.

Die Mädchen aus unserer Klasse beneiden mich um meine zwölf Puppen und erzählen hinter meinem Rücken, wir seien reich. Sie tuscheln, Mutter schmuggle Gold und Diamanten in ihren hohen Absätzen und das sei der Grund, warum sie ins Gefängnis kam. Und sie erzählen, dass der schmale Raum neben der Küche, wo auf dem Sofa die Puppen und der Teddybär sitzen, mein Zimmer sei. Ein eigenes Kinderzimmer, das klingt unerhört. Dabei liegt in dieser ehemaligen engen Dienstmagdkammer nach dem Mittagessen Großmutter, sie liest *Die Wahrheit* und ihr Lob auf die proletarische Herrschaft, unter der unser Land reicher und gerechter werde, wächst von Jahr zu Jahr. Das gefällt Vater gar nicht, aber die *Wahrheit* kann man niemandem verbieten. Vater sagt, der Chefredakteur von der *Wahrheit* sei früher ein Binnenschifffahrtsmatrose gewesen, der sich nach einem Stuhl in einer warmen Stube gesehnt habe. Er schreibe, als wären die Wörter grobes Tau, aus denen er Seemannsknoten mache. Wenn Großmutter die gelesene *Wahrheit* zu einem Knäuel zusammenrollt, um damit im Ofen einzuheizen, geht sie zurück in die Küche und walzt den Teig. Dann gehört die Dienstmädchenkammer mir. Dort spreche ich mit meinen zwölf Puppen und dem Teddybären in einer Sprache, die nur wir verstehen und die ich gleich wieder vergesse.

Geheimsprachen sind modern, die Morsesprache ist bei uns angekommen. Die Hofkinder klopfen Zeichen, der Bruder bringt mir den SOS-Ruf bei, den ich benutze, wenn er mich schlägt, aber Hilferufe werden nur bei Seenot beantwortet. In der Schule hören wir von einer Zeichensprache, der sich ein fremder Feldherr vor langer Zeit bediente, als er unsere Stadt eroberte und auf dem Felsen unter der Burg eine Inschrift hinterließ. Obwohl er Besatzer war, sind wir stolz, dass er sein mächtiges Reich auch um uns erweitert hat. Vor jeder Schlacht schaute er auf den Vogelflug und las daraus ab, ob die Zeit für die Niederwerfung eines Volkes günstig war. Tierzeichen zu lesen ist einfach. Als ich mit Boženka auf eine Wiese komme, um Nüsse zu sammeln, weidet dort eine Schafherde. Neben dem Zaun liegt ein einsames Schaf und vor ihm steht eine Gans, die es unverwandt anschaut. Das Schaf erwidert den Blick stumm und ergeben. Auch als wir näher kommen, reißt die Verbindung nicht ab. Ich werde überglücklich, denn das Zeichen unserer Freundschaft ist klar: Boženka ist das Schaf, ich bin die Gans.

Als einer der vielen Onkel, ein ziemlich hohes Tier, uns besucht, stellt ihm Großmutter eine Hahnbrust und ein Glas Rotwein hin, worin ein Käfer zappelt. Der Onkel schaut dem Käfer ratlos zu, doch ich lese das Tierzeichen: Da zappelt einer im Überfluss um sein Leben und weiß weder ein noch aus. Ich zeige dem Onkel den Ausweg, tunke meinen Finger in den Wein und rette den Käfer. Der Onkel wird noch ratloser. Nun kann er das Tierzeichen zwar lesen, hat aber nicht die Kraft, sich danach zu richten. Und es wird noch schlimmer. Später erfahren wir von seiner Beförderung zum Chef. Ein Chefposten kommt bei uns einer Alkoholüberflutung gleich, sagt Großmutter. Ich schwöre, starke Finger zu haben, an denen ich starke Männer aus ihren berauschenden Karrieren hinausführen werde.

Der Vogelflug ist wie das Traumbuch der Großvaters-Großmutter. Sie hält es in der Hand und liegt auf dem Sofa, ich gehe hinaus und blicke nach oben. Meine Familie wirft mir vor: Schon wieder schwebst du in den Wolken.

Ich lese den Vogelflug, sage ich. Als einmal vom Flussufer ein aufgeregtes Gekreische kommt, sehe ich, wie ein paar Krähen einen hellen Vogel jagen. Ich halte ihn für eine Möwe, für ein weißes, unschuldiges Opfer. Die Krähen donnern über den Unglücklichen hinweg wie Jagdbomber aus der Wochenschau und stoßen durchdringende Schreie aus. Der Vogel setzt sich aufs Wasser und paddelt schwerfällig zum Ufer. Ich eile ihm zu Hilfe, er erhebt sich und da sehe ich, dass es ein Habicht ist. In den Krallen trägt er eine zuckende Möwe und er verschwindet mit ihr im Gebüsch. Ich stelle mir das Hacken am warmen, weißen Körper vor. Ruhe kehrt ein, doch in mir spukt es weiter. Ein schwaches Opfer erweist sich aus der Nähe als ein starker Täter und darunter taucht das wirkliche Opfer auf. Wenn ich in der Schule höre, dass unser Volk Jahrhunderte lang Opfer vieler Eroberer war, füge ich im Kopf ein paar Opfer hinzu – in seinen Händen. Bloß, wer mögen die Unglücklichen gewesen sein?

Ist der Winter hart, gibt es morgens am Bahnhof ein unheimliches Schauspiel. Im aufhellenden Blau zwischen den zerrissenen Wolken fliegen schwarze Vögel, andere sitzen dicht nebeneinander auf dem Bahnhofsdach wie Wächter eines düsteren Märchenreichs. Es sind Krähen, Hunderte von Krähen. Auch auf den umliegenden Häusern säumen sie die Dächer in gleichmäßigen Abständen oder sitzen in den kahlen Bäumen wie unpflückbare schwarze Früchte des Winters. Immer wieder flattern einige hoch, sammeln sich zu Dutzenden in der Luft in runden, beweglichen Bildern, schreien und lassen sich wieder nieder. Es schwindelt mir, ich muss mich an eine Mauer anlehnen. Die Vögel geraten in Aufbruchsstimmung, kreisen mehrmals in

Schwärmen und verlassen die Stadt. Ich rätsle lange an der Deutung des Vogelflugs herum, doch Großvater tröstet mich: Krähenflug ist bloß Krähenflug.

Es gibt Vogelzeichen, die eindeutig sind, aber nicht eintreten. Als ich alleine in der Dienstmädchenkammer spiele, fliegt eine Taube zu mir herein. Mir stockt der Atem, die Taube schaut mich furchtlos an, spaziert in die dunkelste Ecke unters Sofa und stellt sich mit dem Schnabel zur Wand hin, wie ein proletarisches Mädchen, die ihre Strafe antritt. Ist die Taube beleidigt und will die Welt nicht sehen, keinen Täuberich und mich auch nicht? Das Haus ist still, wartet reglos und wir auch – zwölf Puppen, der Teddybär, die Taube und ich. Allmählich kommt ein Gestank unter dem Bett hervor, als sei die Taube ein toter Fisch. Als Großmutter zurückkehrt, wirft sie einen Lumpen über die Taube, trägt sie hinaus und sagt: Ein Vogel, der ins Haus kommt, um hier zu sterben, bringt auch Frau Not mit. Ich warte lange auf Frau Not, aber sie kommt nicht oder sie ist schon längst da und ich erkenne sie nicht. Ich weiß nämlich nicht, wie Frau Not aussieht.

Ins Kino kommt ein ausländischer Film über drei Freunde, die ganz in Schwarz mit weißen Spitzenkragen und Degen gegen Bösewichte kämpfen. Ich verliebe mich in alle drei und am meisten in ihre Sprache, die ich nicht höre, denn unsere Schauspieler sprechen an ihrer Stelle. Doch ich weiß, wie diese Sprache klingt. Manchmal entweicht sie aus dem Radio des Großvaters, ihr R macht elegante Sprünge, nicht wie unser R, das sich nie anstrengt, sondern den Berg hinunterrollt. Und bei den Vokalen klafft der Mund nicht weit auseinander, man zieht die Nasenflügel zusammen und erzeugt Nasallaute. Ich flehe die Großmutter an, mich in einen Sprachkurs einzuschreiben. Sie redet sich heraus, dass der Winter komme und wir Kohle und Sauerkraut bräuchten und nicht eine Sprache, die die Vokale wie den Rotz in die Nase hineinziehe. Du solltest die Weltsprache lernen, sagt sie. Ich lerne beide, verspreche ich.

Jetzt besuche ich zwei Sprachkurse. Im Weltsprachelehrbuch sind Maschinenbauer und Melkerinnen abgebildet und darunter steht ihre Unterhaltung, die so gewöhnlich ist, wie ich nie leben möchte. In dem Weltsprachekurs bin ich die Beste, und damit ich nicht noch besser werde und bei den Mitschülern verhasst, schaue ich aus dem Fenster zum Kino hinüber. Im Nasalsprachkurs bin ich aufgeregt, spitze den Mund und darin hüpft das R. Banknachbar Radko spottet, ich sei ein Ehrgeizling und gar nicht locker, und nicht locker zu sein bedeutet bei uns, ein Gebrechen zu haben. Radko bietet mir zur Lockerung Lakritze an. Ich werfe das widerliche Zeug weg und zu Hause lerne ich locker drei Lektionen im Voraus. Auch Kameradin Lehrerin findet meinen Eifer verdächtig und fragt schon zum dritten Mal, ob ich überhaupt zu unserem Volk gehöre.

Wir sind ein kleines Land mit einem großen Freund. Ich kann es allerdings kaum glauben, dass ein Großer einen kleinen Freund nötig hat. In der Schule geben sich die Großen nicht mit den Kleinen ab. Es muss einen Haken haben, dass sich das größte Land der Welt für uns interessiert. Wir lernen in der Schule die große Sprache, denn Freunde soll man verstehen, umso mehr, wenn man ihnen nicht traut. In der großen Sprache ist das Poem vom Sturmvogel und die Legende von Danko verfasst, in ihr sprach die junge Partisanin, in ihr geschah die Große Revolution. Es ist eine Sprache, die mich an Stürme und meine Kompositionen erinnert. Sie ist groß, aber nicht deshalb, weil sie aus dem größten Land kommt. Sie ist unserer Sprache ähnlich, ich brauche mich ihr nur zu ergeben, schon füllt sie mich aus und ich spreche in ihr mit mir selbst, erfinde neue Sturmgedichte und eine neue Hymne für ein unbekanntes Land. Ich erfinde mich selbst in den halb vertrauten und den halb fremden Worten mit ihrem ungewöhnlichem Klang, ich küsse mit ihnen die Welt ab und schließe Blutsfreundschaft mit allen Dingen. Dank der weiten Sprache bin ich erweitert, bin ein neuer Mensch geworden, nicht fortschrittlich neu, nicht elektrifiziert neu. Es ist eine Neuheit, als würden mich ihre weichen Worte in die Welt setzen, leicht, sanft und gar nicht überstürzt.

Abends denke ich im Bett über die vielen Sprachen nach, die ich noch lernen will, dank derer ich neu werde, immer wieder neu. Der Bruder, der neben dem Fenster schläft, sagt, er müsse mit mir reden. Er redet sonst spöttisch mit mir, doch diesmal liegt eine Hochachtung in seiner Stimme, als sei ich wertvoll und ein einziges spöttisches Wort könnte mich zerstören. Was führt er im Schilde? Ich werde misstrauisch und wach, um seine Falle zu durchschauen. Doch er flüstert ernst: Du gefällst meinem Klassenkameraden Marián und er lässt dich fragen, ob du mit ihm gehen willst. Es ist, als flüstere der Bruder in einer lieblichen, fremden Sprache. Ich kann nicht begreifen, wieso ich Marián gefalle, was ein um zwei Jahre älterer Junge an mir finden mag. Die Welt ist wunderbar unbegreiflich, ich gefalle Marián, der Bruder achtet mich und es gibt fremde Sprachen auf Vorrat bis ans Lebensende.

Ich gehe jetzt mit Marián, das heißt, wir fahren auf den Fahrrädern nebeneinander her. Bekomme ich einen Platten, holen wir beim Großvater alles Nötige und reparieren das Rad. Es ist nicht so, dass einer die Arbeit erledigt und der andere ihm zuschaut, denn wir gehen zusammen. Wir arbeiten wie zwei verschiedene Werkzeuge, Marián weiß, was ich nicht weiß, und umgekehrt. Marián tut mit mir gewöhnliche Dinge, hat aber ungewöhnliche Gefühle für mich. Daran denke ich, wenn er mich im Hof abholt und wir im Viertel herumfahren. Er küsst mich nicht, nimmt mich nicht an der Hand, dafür bemerkt er einen neuen Kratzer am Knie, aber bemitleidet mich nicht. Es ist leicht, mit Marián zu gehen. Er hebt nichts an mir hervor und macht nichts herunter. Ich weiß nicht, was ihm an mir gefällt, und so kümmert mich weder, was ich sage noch tue, weder mein großer Wuchs noch Zotteln. Ich weiß nicht, wo Marián wohnt, ich warte nicht auf ihn, denke nicht an ihn, und wenn er kommt, bin ich mit ihm, das heißt, ich bin weiterhin mit mir selbst, fahre freihändig und schaue in den Himmel. Er ist nicht der Liebste, um den ich Gott angefleht habe, aber er ist mir lieb.

In der Pause quetschen sich möglichst viele Mädchen in eine Toilette, stehen vor der Schüssel, reden und lachen und in einer Wolke aus Uringeruch pinkeln sie nacheinander. Ich brauche nur schamlos Wasser zu lassen, schon bin ich von den Proletariermädchen angenommen, gehöre zu meinem Geschlecht. Wir wollen dauernd zusammen sein, keine wertvolle Sekunde verlieren, wir haben uns viel zu erzählen und die Pausen sind kurz. Die Proletarierkinder geben Schauergeschichten von Strafen zum Besten – wie sie stundenlang in der Zimmerecke stehen oder knien, wie sie Rutenschläge, Ohrfeigen und Hausarrest bekommen. Sie brüsten sich damit und wetteifern um die größten Qualen. Läuft eine Laufmasche an den Sonntagsstrümpfen und das Mädchen kann sie nicht aufhalten, dann laufen schon ihre Tränen. Und mitten im Spiel zuckt jemand zusammen, rennt voller Schrecken nach Hause, um sich nicht zu verspäten. Ich schaue nicht auf die Kirchturmuhr, zottle als Letzte nach Hause, wenn der Hof leer wird. Mich brauchen die Erwachsenen nicht zu prügeln. Das erledigt der Bruder. Tut er es in ihrem geheimen Auftrag? Sie schützen mich nicht, sie sagen, sie hätten Wichtigeres zu tun, als sich in die Querelen der Kinder einzumischen. Bei den dunklen Geschichten der Proletarierkinder komme ich mir vor, als kenne ich unsere Stadt nicht, als dürfte ich nicht mitreden. Mit den Schlägen des Bruders kann ich nicht angeben, sie gelten nicht als Unglück, ich könnte höchstens auftrumpfen: Meine Mutter sitzt im Knast und ich muss hungern! Aber ich stehe bloß da, schweige, fühle mich unwichtig, bürgerlich, verweichlicht und frei.

Slávka ist klein, wie es sich gehört, sie hat mittelmäßige Noten und gefällt den Jungen. Zuerst sitzt sie neben einem blonden, blauäugigen Mädchen in der ersten Reihe und ich schicke ihr von hinten Blicke über Blicke. In der Werbezeit um Slávka vergesse ich sogar meine Mutter. In den Pausen unterhalte ich sie mit Witzen, lustigen Geschichten, die ich mir eigens für ihren Geschmack ausdenke. Beim Lachen lehnt Slávka den Kopf zur Seite und ich werde wahnsinnig vor Sehnsucht, sie Tag für Tag aufheitern zu dürfen. Es dauert den ganzen Winter, bis ich Slávka erobere und sie blond gegen schwarz tauscht und zu mir in die hintere Reihe rückt. Das blonde Mädchen sitzt jetzt alleine und grüßt mich nicht. Das ist der Sieg meines Geistes über die Blauäugigkeit. Mag blond und wasserblau modern und mehr wert sein als dunkel, gegen meine hellen Geschichten kommt es nicht an. Wenn ich mit Slávka an zwei Nachmittagen nacheinander nichts abmache, wirft sie mir vor: Wo warst du, du hast Geheimnisse vor mir, du hast mich vergessen, du bist eine schlechte Freundin, ich brauche dich doch, es geht mir soooo schlecht. Vorwürfe sind ein gutes Zeichen, Vorwürfe zeigen, dass Slávka viel auf mich gibt. Ich muss ihr dafür dankbar sein, die Freundschaft ist nämlich der höchste Wert. Ich werde reumütig und verspreche hoch und heilig meine Freizeit nur mit ihr zu verbringen: Du bist meine beste, meine einzige Freundin. Und schon ist Slávka versöhnt, vergessen ist meine Untreue und sie macht am Nachmittag etwas mit einem anderen Mädchen ab.

Bei den schriftlichen Prüfungen lasse ich Slávka von mir abschreiben und sie vertraut mir an, sie habe schon zwei Mal einen Jungen geküsst. Ich beneide sie, verehre sie, die Küsse erheben Slávka in höhere Gefilde. Ich fürchte ohnmächtig zu werden, wenn es mit mir so weit ist. Soll ich dabei den Mund offen halten wie ein junger Vogel oder ihn stolz und geschlossen an den fremden Lippen reiben? Es ist grausam zu wissen, dass ich nicht umhinkommen werde, mich auf eine saugende Nähe einzulassen. Lieber fantasiere ich, dass die Liebe in einem halbvollen Bus geschieht – ich fahre zur Kunsteisbahn, sitze am Fenster, draußen schneit es, mir ist alles einerlei, der Bus hält mit einem Ruck und da steigt ein Junge ein, dessen Blick mit jeder Station tiefer in mich eindringt und mich so erschöpft, dass ich mit letzter Kraft aussteige und die Aufmerksamkeit auf etwas Vertrautes wie Gemüse oder Hennendreck richte. Davon werde ich wieder stark.

Auf der Kunsteisbahn drehe ich Runden mit anderen Mädchen, wir halten uns an den Händen und die Jungen jagen uns. Wir tun nur so, als wollen wir von ihnen nicht eingekreist werden, dabei ist es eine Auszeichnung, gefangen und aufgefordert zu werden: Wähle einen aus! Es gehört sich, die Wahl hinauszuzögern und Lachkrämpfe zu kriegen. Die Jungen feuern uns zu einer Entscheidung an, bis das mutigste Mädchen sich vor einen Jungen hinstellt – das bin nicht ich –, und das Paar dreht Hand in Hand eine Runde. Wir hoffen so sehr gefangen zu werden und die Freiheit einer kleinen Wahl zu bekommen. Beim Samstagstanz im Kulturhaus, sagt Slávka, gibt es in der Nacht einmal Damenwahl. Ich sehe schon unsere Frauen langsam wie Jägerinnen zwischen den wartenden Männern herumgehen und ihnen minutenlang Qualen der Ungewissheit bereiten.

Als unsere Schule in der Hauptstadt eine Theatervorstellung besucht, setzt sich neben mich ein Junge aus der höheren Klasse, nimmt im Dunkeln meine Hand und schaut weiter auf die Bühne. Vor Aufregung muss ich etwas tun, also reibe ich mit dem Daumen seine Handfläche, rauf und runter, immer gleich, schnell und pflichtbewusst, als schrubbte ich den Boden, den ich natürlich nie schrubbe, dafür ist Großmutter da. Ich rubble in der Hauptstadt eine Ewigkeit lang oder zwei an ihm und er tut nichts dergleichen, er sitzt einfach da, seine Hand auf meiner. Bevor die Lichter angehen, verliert er sich in der Menge und ich weiß jetzt nicht, wie mein Liebster aussieht, und habe schreckliche Zweifel, ob ich den richtigen Umgang mit dem anderen Geschlecht pflege und wie ich mich in solch dunklen Lagen verhalten soll, in die ich jederzeit geraten kann und deren Häufigkeit im Steigen begriffen ist.

Ilonka ist neu und Kameradin Lehrerin trägt mir auf, mich ihrer anzunehmen. Wir müssen uns um die Fremden kümmern, sie sind alleine und schwach, sie brauchen jemanden, der sie führt, bis sie sich allmählich im Kollektiv auflösen. Ich bin glücklich, ausgewählt worden zu sein, als der verlängerte Arm des Kollektivs aktiv zu werden. Diese wichtige Aufgabe erfülle ich voller Eifer und sie verändert vor allem mich. Ich achte auf Regeln, die ich sonst missachte, und ärgere mich, wenn Ilonka eine Vorschrift verletzt, ich schimpfe sie aus wie meinen Teddybären, doch schlagen darf ich sie nicht. Ilonka benutzt ungewöhnliche Ausdrücke, wie aus Volksliedern, und wir leben doch in einer historisch wichtigen Stadt. Damit sie es begreift, führe ich sie zu den Mammutzähnen und zum Burgbrunnen. Bald wird Ilonka reif für die Auflösung im Kollektiv sein und ich werde nicht wissen, wen ich korrigieren soll.

In der Pause hörten Mädchen im Schulkorridor einem Jungen zu, der mit einem ausländischen Parfüm prahlt und sich auf einmal an mich wendet: Riech an meinem Nacken, da habe ich mir das Wundermittel eingerieben. Ich schaue ihn ungläubig an. Beug dich zu mir, nur ein wenig, zeig mir, dass du mich nicht verachtest. Da beuge ich mich zu ihm, um zu zeigen, dass ich keinen Proletarier verachte, und er packt mich mit beiden Händen am Hals, küsst mich auf die Lippen und stößt mich zum allgemeinen Gelächter wieder weg. Reingefallen, reingefallen, brüllt der falsch Parfümierte und Slávka schimpft mich aus, ich sei naiv. Naiv bist du, naiv, tönt es von überall her. Naiv sein ist schlimmer als Zotteln haben. Ich weiß nie, wann und für welche Tat mir das schreckliche Wort wieder angehängt wird. Werden glücklichere Zeiten kommen, in denen es sich eine Woche lang nicht in meine Nähe wagt?

D'urko ist nie naiv, er sitzt alleine in der letzten Reihe, hat dichtes schwarzes Haar und eine lange Strähne fällt ihm tief in die Stirn. Wenn wir ihn bitten, uns Mathematiklösungen durchzugeben, schreibt er sie auf einen Spickzettel, rollt ihn zusammen und schiebt ihn über das geölte schwarze Holzparkett. Die Bretter am Boden im Schulzimmer werden regelmäßig mit Öl geschmiert, wir rutschen ständig darauf aus und kommen mit schwarzen Flecken nach Hause. Nur D'urko bleibt ölfrei, er bewegt sich auf unserem unsicheren Boden wie ein Mann. Er ist schon fast einer und hat als Einziger in der Klasse das Recht, seinen großen Kopf auf die Arme zu legen und während des Unterrichts zu schlafen. Wir mögen D'urko, er ist unser Genie. Wenn Kameradin Lehrerin ihn aufruft, beantwortet er alles richtig, noch im Schlaf. Er wacht erst mittags auf, dann darf er ins Labor gehen. Das Labor ist ein kleiner Raum bei D'urko zu Hause, dort stehen allerlei Fläschchen und Geräte. Dort macht D'urko Versuche mit blubbernden Flüssigkeiten. Ab und zu explodiert eine neue Mischung und D'urko bekommt schwarze Finger und schläft noch mehr. Sein Vater ist Chemiker, der wegen einer Verfehlung von der Hauptstadt in die Provinz geschickt wurde, so munkelt man. D'urkos Mutter macht ebenfalls brodelnde Versuche und kümmert sich nicht um den Klatsch, der um sie herum brodelt. Seit uns D'urko mit seinem Schlaf beglückt, sind wir stolz, dass unter uns große Menschen leben und es ein forschendes Weiterkommen und Abenteuer voller Explosionen gibt.

Es gibt Schülerinnen, die sich vor einer krabbelnden, weinenden Kinderschar gar nicht fürchten. Meine Klassenkameradin Kvetka sitzt ernst wie eine verkannte Prinzessin auf einer Matratze auf dem Boden inmitten ihrer neun jüngeren Geschwister, die das Geschenk des Staates, Schulhefte und Malstifte, in den Mund stecken. Da Kvetka mit ihrer krabbelnden Familie behängt ist, kommt sie in der Schule nur langsam voran und wiederholt Jahr für Jahr die Klasse. Kameradin Lehrerin bittet mich, Kvetka zu helfen, ihr Tempo zu beschleunigen. Aber wenn ich zu ihr komme, beschleunigt sich bloß das Tempo der Krabbelnden, die an mir hochklettern und mich mit Rotz und Freude begrüßen. Mir wird schwindlig vom Gewusel in diesem feuchten Loch. Dann erlöst mich Kvetkas älterer Bruder Tomko und begleitet mich nach Hause. In unserem dunklen Hauseingang tritt Tomko nah an mich heran und atmet und atmet. Würde ich meine Lippen öffnen, könnte eine Revolution geschehen. In unserem Land gibt es keinen Klassenunterschied, doch in unserem Hauseingang ist er wieder da. Ich wage den Klassenunterschied im Hauseingang nicht aufzuheben und halte den Mund geschlossen. Tomkos Gesicht ist schön, doch Mutter sagt, Schönheit sei nicht gleich Schönheit. Ich schaue zum letzten Mal auf Tomkos pulsierenden Hals, renne die Treppen hoch, läute außer Atem und Großmutter öffnet mir.

Morgens überfallen mich schlechte Gedanken, reden mir ein, ich sei nichts wert: Schon wieder hast du alles vermasselt, schäm dich. Es ist egal, was geschieht, was ich tue oder nicht tue, sage oder nicht sage, die schlechten Gedanken sind jeden Morgen wieder da und geben mir die Schuld für alles auf der Welt. Bräche ein Krieg aus, würden sie mir einreden, ich hätte ihn vom Zaun gebrochen. Nach dem Frühstück verflüchtigen sich die schlechten Gedanken, frische Mohnsemmeln und lauer Zichorienkaffee flößen mir Selbstvertrauen ein. Doch am Sonntagmorgen, wenn ich lange herumliege, machen mich Selbstvorwürfe zum Gulasch, wie es unsere Männer sagen, wenn sie sich prügeln. Endlich beschließe ich, den Kampf gegen die Gulaschgedanken aufzunehmen. Feige sind sie, trauen sich nur in meine Nähe, wenn ich wehrlos auf dem Rücken liege. Springe ich aber schnell vom Bett auf und rufe: Ich glaube euch nicht, verschwinden sie wie aufdringliche Traumgestalten, die ich nur böse anzuschauen brauche.

Der Bruder ist eine große Hilfe, an ihm kann ich täglich üben, dem Bösen meine große gewölbte Stirn zu bieten. Was wäre ich ohne meinen Bruder, der das Böse für uns beide trägt? Ich habe herausgefunden, dass Böses und Gutes wie zwei Flaschen sind, abgefüllt mit verschiedenen Flüssigkeiten. Je mehr man aus einer Flasche trinkt, umso weniger bleibt davon für andere übrig. Wenn ich will, dass mein Bruder gut wird, muss ich viel aus der bösen Flasche trinken. Hätte ich keinen bösen Bruder, müsste ich sie ganz austrinken. Aber er ist da. Er ist da und er trinkt aus der bösen Flasche, verschluckt sich daran, und ich kann gut sein und alle schlechten Gedanken wegschicken und auch aufhören, über andere herzuziehen, wie ich es lange Zeit mit Slávka mache. Jeden Morgen gehen wir die Mädchen in der Klasse durch, bis sie so hässlich werden wie die frierenden nackten Hahnhäute.

Diese Morgenhygiene bekommt mir nicht gut, Worte über dicke Hintern und unmögliche Frisuren bleiben in meiner Brust stecken und ich habe Atemnot davon. Da prüfe ich Worte im Brustkasten und es zeigt sich, dass großzügige Worte und große Atemzüge zueinander passen. Von den Vorzügen meiner Freundinnen zu sprechen, hat Vorteile, es gibt wenig davon, so dass mir genug Platz zum Atmen bleibt. Doch Slávka ekelt sich vor meiner neuen Sprechweise, verzieht den Mund, wirft mir vor, unsere Freundschaft verraten zu haben: Langweilig bist du geworden, feige, siehst das Ekelhafte nicht, dabei liegt es vor deiner Nase. Die Morgenhygiene pflegt sie jetzt mit einem anderen Mädchen. Einmal nach dem Turnen ziehen wir uns in der Umkleidekabine um. Slávka wirf ihren langen Zopf nach hinten und bei dieser umwerfenden Geste schießen mir schlechte Gedanken in den Kopf und bitten mich, sie herauszulassen. Ich würde es gerne tun, würde am liebsten über alle Menschen der Welt herziehen, nur um Slávka zu gefallen und sie zurückzugewinnen, doch ich beiße mir auf die Lippen und denke im Kreis: Slávka ist da und sie ist nicht da, es tut weh und es tut nicht weh, das ist gut und das ist schlecht, das ist weder gut noch schlecht, es ist und es ist nicht, zehnmal, zwanzigmal wiederhole ich es, bis ich lachen muss. Slávka schüttelt den Kopf, geht weg und nimmt meinen Schmerz mit. Mir bleibt nur das Lachen übrig.

So mache ich es jetzt, ich wühle im Gedankenkasten wie in Mutters Nähkästchen, nehme passende Gedanken heraus wie Knöpfe, nähe sie an, knöpfe sie auf und knöpfe sie zu, wie es mir beliebt. Oder ich packe die Ereignisse an, so wie Mama den Stoff auf ihrem Tisch ausbreitet, die Form zuerst mit der Kreide einzeichnet und sie dann mit einer großen Schere ausschneidet. Die Welt ist Mamas Stoff, ich schneidere daraus Gedankenkleider für jeden Anlass, nach eigenem Zuschnitt. Wenn ich herumsitze oder mit dem Bus fahre, habe ich düstere Gedanken, komme mir hässlich vor, so dass ich schließlich überzeugt bin, niemand könnte mich jemals lieben. Lasse ich mich von den Traurigmachern betrügen, halte sie für wahr, wird es ringsum neblig. Die Traurigmacher erzeugen Nebel, damit ich nicht sehe, dass sie falsch sind. Da fasse ich den Entschluss aus dem Bus zu steigen, ums Quartier zu rennen und die elenden Traurigmacher auszuschwitzen, und schon trage ich zum roten Gesicht ein Kleid mit glücklichen Gedankenknöpfen und vergesse, dass mich niemand jemals lieben wird. Oder wenn ich im Fluss schwimme, begleiten mich gute Gedanken wie Fischschwärme. Vergebens ruft man mir vom Ufer zu: Bleib sitzen, wir machen es uns bequem. Das sind die Miesmacher anderer, ich kenne sie, winke ab, drehe meine Runden, schwitze und schwitze alle Miesmacher aus.

Ich bin stets bereit, andere Menschen auf den Weg in ihre Vollkommenheit zu führen, aber sie wollen nur Kinder gebären und nicht sich selbst. Wozu haben uns Kameraden Partisanen mit dem Einsatz ihres jungen Lebens befreit? Bei meinem rückständigen Täubchenvolk gehört die Unvollkommenheit zum Ziel, ja, es gibt gar kein Ziel, die Unvollkommenheit ist das ganze Leben, das keiner Vervollkommnung bedarf. Mein Ziel ist, die Ziellosigkeit, wo immer ich sie finde, zu bekämpfen. Es ist anstrengend und ich bin mit meinem Ziel alleine. Nicht einmal Kameradin Lehrerin, die von fernen Zielen erzählt, hilft mir. Sie schickt mich während des Unterrichts zum Metzger. Es schmeichelt mir, dass sie glaubt, der Unterricht sei überflüssig für mich, und dass ich zu ihrem Abendessen beitragen darf. In der Metzgerei hängt kaum Fleisch, es gibt dort nur Tiergerüche, und ich bringe alle Tiernamen durcheinander und komme mit dem Aufschnitt eines falschen Tieres zurück. Dann schaut mich Kameradin Lehrerin mitleidig an, als wäre ich dumm, dabei hat sie mich mit einer falschen Aufgabe betraut. So warte ich ungeduldig darauf, groß zu werden und großartige Aufgaben zu lösen.

Proletarische Jungen werfen mir vor, ich sei nicht fröhlich, und mögen mich nicht. Gemeinschaftssinn und Fröhlichkeit gehören zusammen wie Hennenherdentrieb und lautes Gackern und sind hervorstechende Eigenschaften unseres Volkes. Wehe, jemand sabotiert Fröhlichkeit, wenn Fröhlichkeit angesagt ist. Dieser Jemand könnte ein Feind sein. Feinde sind nicht fröhlich, sondern hämisch, das ist ein Unterschied, sagt Kamerad Rektor. Unsere Jungen erzählen zweideutige Witze und ein Mädchen kann sich dabei kaum vor Lachen halten. Wie ich mich auch anstrenge, ich kann mich zwar zum Lernen und zum allerlei Durchhalten, aber nicht zum Fröhlichsein zwingen. Wie könnte ich bloß lernen, durchhaltend fröhlich zu sein? Je mehr ich höre: Du denkst zu viel, du bist gar nicht entspannt, lach doch mal, umso niedergeschlagener werde ich. Nachts träume ich, wie mich schlacksige Jungen durch dunkle Gänge jagen, ich bin nackt und schäme mich für mein trauriges Gesicht.

Zuzka hat es mit dem Wetter. Wenn es regnet, schließt sie sich ein, klagt, wir können nicht draußen spielen. Ich freue mich für die Würmer, die in der nassen Erde ihre Wege graben, und für die Kaulquappen, die in den Wasserlachen im Wald zu Fröschen heranwachsen. Aber Zuzka sagt: Das schlechte Wetter hat was gegen mich. Und wenn es heiß wird, hüpft sie: Das Wetter liebt mich! Boženka hat es wiederum mit Petrík. Wenn Petrík sie nicht anschaut, ist sie geknickt und denkt, Petrík liebe sie nicht. Und schaut er sie mal im Vorbeigehen an, prahlt sie herum: Petrík ist in mich verknallt! Und Petrík hat es mit seinem Hund Puňtík. Wenn Puňtík wegläuft, ist Petrík unausstehlich, wenn Puňtík zurückkommt, ist Petrík ausstehlich. Slávka hat es mit dem Ausschlag. Wenn sich ihre Ellbogen röten, glaubt sie, sie sei nichts wert, und wenn ihre Ellbogen blass sind wie alle anderen Ellbogen in der Klasse, ist sie wieder was wert. Mutter hat es mit den Spiegeln. Wenn ihr der kleine Spiegel im Gang neue Falten zeigt, will sie nicht leben, doch wenn sie der hohe Spiegel im Schlafzimmer schlank macht, will sie gleich emigrieren, damit die Welt sie kennen lernt, bevor sie überall Falten kriegt. Ich halte es mit meinen Gedanken wie mit den Karten. Wenn ich die richtigen erwische, ist alles gut, wenn ich die falschen ziehe, muss ich nochmals und nochmals ziehen, bis ich die richtigen Gedanken kriege und alles wieder gut wird.

Unsere Stadt liebe ich am meisten im Winter, der Schnee deckt sie zu und lässt sie rein aussehen, abends leuchten die Fenster und ich stelle mir vor, dass Kinder und Erwachsene sich gegenseitig Wärme schenken. Ich denke an die Menschen in den elektrifizierten Stuben und gebe mir den Auftrag, sie zu lieben. Und es gelingt mir. Ich gehe durch schwach beleuchtete Gassen, der Schnee unter den zugeschnürten hohen Schuhen ist fest, ich lausche dem immer gleichen mich einlullenden Knirschen, denke nicht mehr klar, ich liebe nur noch. Im Sommer ist alles durchsichtig, dann vergesse ich meinen Liebesauftrag, im Sommer habe ich viel zu tun und kann nur jene lieben, die ich sowieso mag und dazu die süßen Beeren aus Wald und Garten und den Sturm, die Hitze davor und die Sturmvögel aller Länder, denen ich aus dem Fenster zurufe: Sturmvögel, vereinigt euch!

Manchmal geht Großvater mit mir weiter durch den Wald bis zu einer Holzhütte. Im Sommer sind dort runde Tische über die Wiese verstreut und um jeden Tisch herum stehen dicke, aus Holzstämmen gehauene Stühle. Auf den zusammengewachsenen Beinen sitzen bunt angezogene Menschen, essen, reden, Kinderstimmen fliegen darüber und jede Tafel sieht wie eine große, farbige Blüte aus. Im Winter liegt der Schnee darauf, es ist still, die Stühle stehen dicht zusammengerückt und umgedreht, die hohen Rückenlehnen sind an die Tische gelehnt, als stützten sie sich ab. So zusammengerückt sind sie stark, von Stuhl zu Stuhl reichen sie sich Kraft und ich begreife das Wort Zusammenrücken. Ich werde traurig, denn in meiner Familie steht jeder Stuhl für sich alleine.

Im Zirkuszelt, das Jahr für Jahr neben dem Stadion aufgestellt wird, hängt am Seil ein dünnes Mädchen in einem silbrig glänzenden Kleid. Sie hält das Seilende mit den Zähnen fest und fliegt mit ausgestreckten Armen. Jedes Jahr ist sie etwas größer und die Zähne halten das Gewicht noch verbissener. Ich weiß, dass sie nicht locker lassen wird, doch ihre Nummer beklemmt mich. Ihr Vater schluckt Feuer und speit es in alle Richtungen wieder aus. Ihre Mutter peitscht die Luft vor der Schnauze einer brüllenden Löwin und küsst sie ins aufgesperrte Maul. Das Publikum klatscht den Gefahren zu, die in den Lichtkegeln überwunden werden. In den Pausen bauen zwei Clowns ungeschickt ein Haus auf, das gleich darauf einstürzt. Sie richten es wieder her und man kennt schon das klägliche Ende, lacht über die Vergeblichkeit jeglichen Tuns. Vor dem Zirkuszelt steht ein Karussell, Nóra setzt sich vor mich, jeder Sitz ist mit vier Ketten befestigt, wir halten uns an den Händen, fliegen durch die Luft und rufen uns einzelne Wörter zu.

Dienstags habe ich Ballett im Parkettsaal eines alten Gebäudes. Wir stehen mit gespreizten Füßen in weißen, aufgeplusterten Tüllröckchen vor einer Spiegelwand und unsere Ballettlehrerin tanzt vor. Ihr Körper ist hager, durchtrainiert und schon etwas welk, fast wie der Körper der Großmutter, aber er ist auch anziehend und biegsam wie Mamas Körper. Die Ballettlehrerin vereint in sich, was sonst unvereinbar ist – die beiden Frauen meines Lebens. Sie ist streng und fröhlich zugleich, sie macht Sprünge, als wäre sie herumwirbelnder Flaum, aber sie ist nicht Flaum, der sich treiben lässt, sie landet dort, wo sie soll, jeder ihrer Schritte ist Teil des Programms. Ich dachte früher, dass Wille und Leichtigkeit sich gegenseitig ausschließen, aber Ballett ist beides. Unsere Ballettlehrerin bringt uns bei, uns nach oben zu ziehen und die Köpfe am Himmel festzumachen, als hingen wir an einem Faden, und so zu tanzen, als wären wir frei.

In den Turnhallen des ganzen Landes turnen wir für die Spartakiade, wir, Mädchen und Jungen der besten aller

Welten, vollführen die gleichen Übungen unter der Choreographie unserer genialen Regisseure. Im Sommer werden die allerbesten Turner und Turnerinnen an der Spartakiade im größten Stadion in der Haupstadt teilnehmen. Und in allen Bruderländern werden die Besten der Besten das Gleiche tun und Kameras werden es in jedes Stadt- und Dorfkino tragen. Diese ungeheure Energie wird den Frieden hervorbringen. Wir turnen nämlich für den bedrohten Weltfrieden, und dieser braucht unsere Gleichheit. Die Völker in den Feindesländern werden von unserer Begeisterung und der Eintracht angesteckt. Die ganze Welt wird im gleichen Takt ticken, Arme und Beine und farbige Tücher schwenken. Jene, die die Ehre haben werden, uns an der Spartakiade zu vertreten, müssen sorgfältig ausgewählt werden. Ein begabter und trainierter Körper genügt nicht, man muss auch das Friedensbewusstsein haben. Wehe, wenn jemand bei der Spartakiade mit einer abweichenden Bewegung die Gleichheit sabotiert, um den Brand des Krieges zu entfachen. Schon brennt der Weltfrieden. Um das zu verhindern, gehen Kameraden Experten durchs Land, einer war bei uns, er starrte auf Ľudkas Brüste in einem hellblauen Einheitsleibchen und wählte niemanden aus.

Früher grübelte ich viel über die Übel und die Leiden der Welt und wusste keinen Ausweg für ihre Beseitigung. Doch die Spartakiade inspiriert mich zu einer Rettungsidee. Würden alle Menschen im selben Augenblick anhalten und nur noch gut sein wollen, würde sich das Gute hoch drei und nochmals hoch drei und so weiter potenzieren und das Böse niederbrennen. Meine Idee ist einleuchtend, aber wie soll ich sie verwirklichen? Niemand weiß, dass es sie gibt, sie steht alleine im Hof und wartet darauf, von der Menschheit erkannt zu werden. Wie könnte ich von meinem Hinterhof aus die Wende in der Welt einleiten? Falls jemand schon heute meine Rettungsidee im Hof entdecken und sie verbreiten sollte, will ich nicht abseits stehen. Daher bin ich stets bereit, gut zu sein.

Was westlich unserer Grenzen liegt, nennen wir *draußen*. Draußen herrscht Ungerechtigkeit, Armut, Chaos, all das, was drinnen keinen Platz hat. Drinnen ist es gemütlich. Es könnte vorkommen, dass unsereins von dem wahnsinnigen Durchzug da draußen wahnsinnig wird und nicht mehr zurückkommt. Dem beugt unser Staat vor, er lässt nur liebende Mütter und Väter ausreisen und behält ihre Kinder zurück. Die Elternliebe ist von Natur aus wie ein Gummiband, das die Eltern von alleine nach Hause schleudert. Zum Reisen braucht man einen Pass, der im Büro hinter Gängen, Türen und Glasschaltern ausgestellt wird. Mutter nutzte die Schwäche unseres Volkes aus, um ihn schnell zu kriegen. Sie stellte am Schalter eine ausländische Kognakflasche hin und sagte fröhlich, was damit zu tun sei: Kameradinnen und Kameraden, trinken Sie auf meine Gesundheit! Mir gefallen Mamas eigennützige Verführungen unseres Volkes gar nicht. Ich will die Wurzeln der Trunksucht, die in die finsteren Zeiten der tausendjährigen Unterdrückung reichen, ausreißen, ich will durch die Dörfer gehen und in den Kneipen nüchterne Reden halten.

Meine Mutter tut das, was unser Witzblatt Woche für Woche anprangert. Sie schenkt der Metzgerin einen Pullover, damit diese uns Schweinefleisch verkauft, unter dem

Pult hindurch, das heißt ohne Schlangestehen. Am Hintereingang muss ich das Fleisch schnell in der Tasche verstecken und an der murrenden Masse vor dem Laden vorbeihuschen. Lieber würde ich an der Seite meines Volkes stehen, dünne Würstchen kriegen und dafür dicke Geschichten, die sich das Volk erzählt, mit nach Hause bringen. Mutter denkt nicht über den Küchentisch hinaus, sie bricht mit ihren Bestechungen den Stolz der Proletarier. Ein ganzes Netz von korrupten Handwerkern hat sie geknüpft. Bricht eine Schindel ab, schon kommt der Dachdecker angerannt. Die anderen müssen monatelang warten, aber Mutter tauscht eine Strickjacke gegen eine Schindel ein, die von einem Staatsbetrieb entwendet wurde, Vaters juristischen Rat gegen die fachmännische Hilfe bei Verstopfung der Toilette, ein Inselkleid gegen das Ausbessern des Familiengrabes. Das nennt man *fuška*. *Fuška* ist schnell erledigt, *fuš* und weg, schon ist das Tauschgeschäft spurlos verschwunden, nirgendwo aufgeschrieben, als wäre es nie geschehen.

Ausgebrannte Sicherungen repariert Mutter selbst. Großmutter wagt sich nicht an den schwarzen Kasten im Treppenhaus heran, wo im Drahtknäuel das Geheimnis des Lichtes liegt. Gibt es einen Knall und Großmutter und ich sitzen am Küchentisch im Dunkeln, eilt Mama aus ihrer Zelle durch die Drähte zu uns, ich höre ihren Atem, die raschen Schritte und warte auf das Zauberlicht. Mutter vollbringt Wunder, doch die Verkäuferin im Gemischtwarenladen hat sie nicht rumgekriegt. Wenn sich die Kunde durch die Stadt verbreitet, dass es Toilettenpapier gibt, machen wir wie jede Familie einen Stafettenlauf. Zuerst steht Großmutter zwei Stunden an, dann der Bruder höchstens eine halbe und dann nehme ich schon nach einer Stunde drei Toilettenrollen entgegen. Mehr rückt die Verkäuferin nicht heraus, sie lässt sich nicht korrumpieren. Das Toilettenpapier ist rationiert, am Hintern zu sparen ist vernünftig, wir sollen zum Scheißeabwischen nicht unsere ganzen Wälder verbrauchen, in denen sich Wölfe und Bären wohl fühlen. Man kann die alten Ausgaben der *Wahrheit* den menschlichen Bedürfnissen anpassen. Kamerad Rektor sagt, im feindlichen *Draußen* gebe es keine Toilettenpapierknappheit, die Holzkonzerne fällten Baum für Baum, lediglich fürs Toilettenpapier. Ihre Wölfe und Bären sind schon zu uns übergelaufen.

Wenn etwas schwierig ist, sagt mein Täubchenvolk: Ach, dafür braucht man einen Willen. Und alle nicken, seufzen und murmeln schwermütig: Ja, ja, einen Willen … Es fehlt am Willen wie am Toilettenpapier, als wäre er von der Staatsproduktion abhängig, dabei ist der Betrieb Wille noch nicht verstaatlicht, sagt Vater. Wenn ich lange über den Schulaufgaben sitze, sagt Mama, ich solle mich nicht abmühen, sie zwinge mich nicht zu guten Noten, sie liebe mich auch mit Durchschnittsnoten. Doch mir gefällt es, täglich den eigenen Willen zu produzieren, mich über das warme Mittelmaß in die Kälte hinauszustrecken und die klebrigen Fäden der Verachtung, mit denen man mich zurückhalten will, hinter mir zu lassen. Nur beim gemeinsamen Singen will ich nirgendwohin streben, sondern mittendrin bleiben, mich auflösen wie ein großer Zuckerwürfel in Mamas türkischem Kaffee. Kaum sind ein paar Jungen und Mädchen zusammen und setzen sich auf eine Parkbank oder auf die Hintersitze im Bus, schon stimmt einer ein Volkslied an, wir greifen es auf, begleiten Janko auf dem gefährlichen Weg zu seiner Liebsten und der Busfahrer summt mit. Wir sind eine mehrstimmige Kugel, unangreifbar, ich spüre den warmen Atem anderer auf meiner Haut, ich bin ein Teil meines Volkes, fliege mit den Stimmen davon und bleibe daheim.

In den finsteren Zeiten lebte in unserem Wald ein Räuber, der viele Zöpfe trug, die Reichen überfiel und die Armen beschenkte. Wir verehren ihn, er war ein Revolutionär, sagt Kameradin Lehrerin. Die Zeit war aber noch nicht reif, so wurde er für seine Güte gehängt. Gott sei Dank lebe ich heute. Wer heute die Reichen ausraubt, wird zum Chef befördert, sagt Vater. Nach der Legende sei es eine Frau gewesen, die unseren Helden verraten haben soll. Wenn Männern etwas misslingt, schieben sie es auf die Frau, sagt Mutter. An einer Rippe aufgehängt baumelt unser Held, jung, mit seinen blonden Zöpfen, mit einem schwarzen Hut, die Axt in den breiten Gürtel gesteckt. So ist er im Lehrbuch abgebildet und so lieben wir ihn mehr, als wenn er ein Chef geworden wäre.

Wenn der Tag der Arbeit naht, schenkt uns der Staat Papierfähnchen und wir kleben sie an die Fensterscheiben. Rechts klebt die Nationalfahne, links die Fahne unseres großen Freundes, denn wir sind nie alleine. Am Tag der Arbeit tragen wir Transparente, auf denen geschrieben steht, dass wir mit unserem Freund auf ewige Zeiten verbunden sind. Es ist ähnlich, wie wenn Großmutter von Ururzeiten redet, bloß denkt Großmutter ewig rückwärts und Proletarier denken ewig vorwärts. Wir sind eingeklemmt zwischen zwei Ewigkeiten und fürchten uns vor dem Atomkrieg. Hinter dem Meer gibt es keine Arbeit, dort stehen Proletarier Schlange vor dem Arbeitsamt wie wir Schlange stehen, wenn das Toilettenpapier kommt. Während wir aber ein paar Rollen kriegen, bekommen Proletarier hinter dem Meer keine einzige Rolle Arbeit. Ihre Herrscher beuten die Arbeitslosen für den Bau der Atombombe aus, die sie auf uns abwerfen wollen. Solche Proletarier sind unbewusst, sie lassen es mit sich geschehen, statt mit uns gemeinsam die Atombombe auf ihre Herrscher abzuwerfen, sagt Kamerad Rektor.

Einmal im Monat üben wir, dass die Atombombe bei uns eingeschlagen ist. Kamerad Rektor verteilt Gasmasken, wir ziehen sie an und rennen in den Schulkeller. Für solche Fälle brauchen wir unseren großen Freund, damit er uns vor der radioaktiven Strahlung beschützt. Wie er es anstellen will, weiß ich nicht. Die Radioaktivität kann man nicht von den Straßen absaugen, großer Freund hin oder her. Als ich meine Bedenken dem Kamerad Rektor mitteile, schreit er, woher ich solche Ideen habe, dann antwortet er selbst: Ich weiß schon, und nickt. Und Slávka flüstert mir zu, ich sei naiv. Peťo sagt, wenn die radioaktive Strahlung in der Luft sei, könnten wir weder auf dem Zwetschgenbaum noch auf dem Stein sitzen, unsere Hennen würden nicht mehr gackern und die Spatzen würden vom Apfelbaum herunterfallen wie Maikäfer, nur Würmer würden sich weiter durch die Erde schlängeln.

Unser großer Freund baut eine noch stärkere Atombombe, von deren Strahlung sogar die feindlichen Würmer eingehen würden, sagt Peťo. *Die Wahrheit* nennt das Atombombenwetteifern das Gleichgewicht der Kräfte. Ich finde, es wäre besser, wenn die Arbeitslosen aller Länder zu uns kommen würden, denn wir haben Arbeit im Überfluss. Mama sagt, Millionen arbeiten bei uns in einem zweiten Beruf als Spitzel oder Agent Provocateur. Während sie an den Hahnschenkeln knabbern, fragen sie wie nebenbei, ob unser Onkel hinter dem Meer die feindliche Atombombe schon gesehen habe und ob wir wüssten, wie groß sie sei. Die Spitzel stellen solche harmlosen Fragen und kneifen dabei die Augen zusammen, daran erkennt man sie. Sie werden dafür belohnt, die unzuverlässigen Elemente wie unseren Vater zu provozieren. Ach, früher war es besser, sagt so ein Agent Provocateur auf dem Tennisplatz, und wenn Vater eifrig nickt, ist er als Klassenfeind entlarvt, der sich nach der alten Gesellschaftsordnung zurücksehnt. Der Agent Provocateur rennt zu seinem Chef und darf für die Erfolgsmeldung ins Feindesland reisen. Nur Spitzel mit spitzen Ohren dürfen nämlich die Welt sehen. Auch ich spitze meine abstehenden Ohren, unser Staat braucht sie. Sagt Bruder etwas gegen die Atombombe unseres Freundes, drohe ich ihm, ihn anzuzeigen, dann käme er in eine Besserungsanstalt und würde ein besserer Mensch werden.

Nach den guten Nachrichten in der Wochenschau oder der Messe drehen wir ein paar Runden auf dem Sonntagskorso und gönnen uns eine Versüßung in der Zuckerbäckerei, wo Zucker in verschiedenen Farben und Formen hinter dem Glas liegt, kremig, eingefroren oder flüssig und vermengt mit Schokolade. Zucker ist wertvoll, Zucker gehört zum Sonntag, ihm gehört die ganze Zuckerbäckerei. Unser Land hat genug Zucker, sagt Kameradin Lehrerin, wir können es uns leisten, armen tropischen Ländern, die im zuckerlosen Unglück leben, harte Zuckerbrocken zu schenken. Ich stehe Schlange für meine Portion Sonntagssüße und bestelle immer den selben runden Nachtisch, bestreut mit Puderzucker. Schlucke ich zu viel Süße, steigt sie zur Strafe als Säure die Kehle hoch und dann spucke ich herum wie Großmutter.

Treffen wir auf dem Korso Bekannte, erkundigen sie sich als Erstes: Und, gehorcht sie? Und bevor eine Antwort kommt, doppeln sie nach: Gehorcht sie? Dazu grinsen sie verschwörerisch und zwinkern mir zu. Ich schaue weg, schäme mich, in einer rückständigen Gesellschaft zu leben, in der mein Wert am Gehorsam gegenüber der Kleinfamilie und nicht am Gehorsam gegenüber großen Ideen gemessen wird. Vater macht bei der Frage eine Grimasse, die Ja und Nein in sich vereint. So zieht er sich aus der Affäre, denn er weiß gar nicht, ob ich gehorche.

Kinder in die Irre zu führen, ist ein großes Erwachsenenspiel. Ist etwas blau, sagt man: Oh, wie grün, und schaut dem dreijährigen Mat'o schelmisch in die Augen. Wiederholt Mat'o vertrauensselig grün, schimpft man ihn aus: Aber woher, es ist doch rot! Und die versammelte Erwachsenenschaft lacht sich zu Tode. Kinder werden bei uns von Unwahrheiten zu Halbwahrheiten gezerrt, zu immer anspruchsvolleren Prüfungen, und sind sie nicht ganz auf den Kopf gefallen, werden sie wach, stets bereit für jede Wortverrenkung, und das regt das Denken an, das wir so nötig haben. Kinder sollen begreifen, dass Erwachsene es gut meinen, und so werden die Lügen von schmatzenden Küssen auf die Lippen, auf die Stirn, in die feinen Haare begleitet. Die Kleinsten wischen sich beschämt die fremde

Spucke ab, rätseln an den Lügen herum und schon kommen neue hinzu und so haben sie keine Zeit für die Wahrheit, die gefährlich ist und Mama ins Gefängnis bringt.

Ich habe ein Dechiffriergerät für die Wortminenfelder und stelle auch selbst witzige Wortfallen her. Will ich ernst genommen werden, müssen andere die Gelegenheit bekommen, nach jedem Satz zu lachen. Andeutungen und Sprachspiele machen den richtigen Stil aus. Nur im Irrenhaus reden die Verrückten direkt und leben im gegenseitigen Wortvertrauen. Ärzte spritzen sie mit Witzen und Medikamenten voll, um sie von dieser Idiotie zu heilen. Bei uns sind Leute von Lustigkeiten und Hintersinnigkeiten so verwöhnt, dass sie sich abwenden und mich todlangweilig finden, wenn ich meinen Geschichten keine Pointe gebe. Und todlangweilig heißt, tot zu sein. Die wirksamste Sprechart ist, wenn ich mit ein paar Strichen die Blödheit der Nichtanwesenden zeichne, schon beweisen mir Lachsalven, dass ich geachtet werde.

Manchmal werde ich müde vom anstrengenden mitmenschlichen Umgang und schätze die Großmutter, die nicht unter die Leute geht und das Wort am Schopf packt. Weist sie mich schroff zurecht: Frag nicht, es ist, wie es ist, ruhe ich mich kurz aus, aber schon denkt es in mir, wie es ist, wenn es nicht so ist, wie es ist. Mama sagt, von all dem unnützen Denken habe ich einen verbissenen Gesichtsausdruck und kein junger Mann verliebe sich jemals in mich. Ich solle das Denken auf morgen und morgen auf übermorgen verschieben. So hat es die Hauptheldin eines ausländischen Filmes gemacht, die ein Vorbild für Mama geworden ist. Sie lebte hinter dem Meer auf einer Farm, war schlank, hatte große dunkle Augen und spielte zwei Männer mies gegeneinander aus und beim Zubettgehen sagte sie sich: Ach, heute will ich nicht darüber nachdenken, ich überlege es mir morgen. Seit Mutter im Knast ist, kann ich schon heute ungehindert nachdenken, wie die Dinge sind, wenn sie nicht sind, wie sie sind, sondern ganz anders. Aber wie sind sie dann? Darüber denke ich verbissen nach.

Worte können die Menschen steuern, als wären sie mechanische Ballerinas, die man mit einem Schlüssel im Rücken aufzieht und abstellt. Ich springe gerade vom Sprungbrett, als aus dem Lautsprecher jemand zum Eingang gerufen wird. Das Wasser im Schwimmbad scheint plötzlich, mitten im Sommer, zugefroren. Es wird still und mir ist, als bliebe ich in der Luft hängen. Soeben ertönt der Name eines Verräters, dem in der Hauptstadt der Prozess gemacht wird. Er soll für seine Machenschaften hingerichtet werden, *Die Wahrheit* berichtet Tag für Tag davon und zu Hause spricht man den Namen furchtsam aus. Wer wagt es in unserem Schwimmbad diesen Namen zu tragen und wer würde es wagen, mit jemandem, der diesen Namen trägt, über das Wetter zu plaudern? Wo ist der Verwandte des Verräters? Wird er sich jetzt zum Eingang begeben? Niemand rührt sich, als wäre jeder Schritt der letzte Gang zur Hinrichtung.

Irgendwo gibt es eine Kammer und darin sitzen Kameraden Zensoren, deren schwieriger Beruf es ist, alle Briefe, die ins Ausland geschickt werden und von dort kommen, zu lesen. Kameraden Zensoren und Zensorinnen prüfen, ob wir unsere Heimat nicht verleumden und

Staatsgeheimnisse in die Welt verschicken. Zuerst überlegen, dann schreiben, bereitet uns Kameradin Lehrerin auf das Leben vor. Die Feinde würden sich die Hände reiben, wenn wir dem Inselonkel schreiben würden, wo bei uns die Kasernen stehen. Sie würden sofort ihre Raketen darauf richten. Wenn Großvater einen Brief von seinem Sohn, meinem Partisanenonkel, bekommt, ist dieser mit einem Klebstreifen verschlossen. Großvater ärgert sich, dass der Vater Staat von seinem Recht auf Entjungferung Gebrauch gemacht hat. Briefe aus dem Ausland sind wie Jungfrauen, sie werden vom Stärkeren geöffnet. Früher gab es bei uns gierige fremde Fürsten, ihnen gehörte alles, auch die Hochzeitsnacht der Untertaninnen, erzählt Kameradin Lehrerin. Am nächsten Morgen wurden die Bräute ihren Bräutigamen unverklebt zurückgegeben.

Mutter ist nicht gut zu sprechen auf den großen Vater aller Bruderländer. Als sie jung war, habe es in dem befreundeten Nachbarland eine schreckliche Hungersnot gegeben, die er verursacht hatte, sagt sie leise. Wie kann man bloß auf der schwarzen Erde hungern, schüttelt sie den Kopf und erzählt, Hunderte von Kilometern erstrecke sich diese gute Erde, alles gedeihe in ihr, die ganze Menschheit könne davon ernährt werden. Schwarz und ölig sei sie wie die pomadisierten Haare eines Schürzenjägers. Solche Erde haben wir nicht, die gebe es nur dort, sagt Mama. Aber der Vater aller Bruderländer habe es absichtlich so angestellt, dass sie auf einmal brach lag und nichts hergab. Es gefällt mir, wenn Mutter erdbegeistert wird. Ich stelle mir vor, wie sie ihre gepflegten Hände in die Erde gräbt und sich nicht darum schert, dass sie schwarz werden. So sehr liebt Mama die schwarze, fruchtbare Erde.

Mama zeigt mir ein Bild in ihrem Fotoalbum. Ein lachender junger Mann steht darauf neben der Korsouhr, die halb zwölf zeigt. Mutter seufzt: Jožko wurde in die Uranminen verschleppt, das Uran hat ihn getötet. Ist das Uran ein Drache, der in der Höhle die Jugend frisst? In der Schule erfahren wir, dass das Uran ein wertvolles, strahlendes Metall sei, das Proletarier aus dem Erdinnern fördern. Wenn das Uran von unreinem Gestein gereinigt ist, wird es unserem großen Freund in Zugwaggons geschickt, denn Geschenke sollen sauber sein. Der große Freund braucht das Uran für die Raketen gegen die Feinde. Dank unserem reichen Uranvorkommen sind wir beschützt. Was das Uran alles kann! Wenn die Uhrzeiger auf der Kirchturmuhr halb zwölf zeigen, denke ich daran, dass sie für jemanden still stehen. Im Bett murmle ich in der Dunkelheit Uraaaan, Uraaaan und schlafe ein.

Marián schenkt mir einen kleinen gelben Gummiball, den ich die Treppen hinunterspringen lasse und dabei ermahne, langsam Stufe für Stufe zu nehmen, doch er gewinnt an Geschwindigkeit und überspringt mehrere Stufen. Ich schelte ihn, streichle ihn, nenne ihn *Šuška*. Fällt er auf die Straße, rufe ich: *Šuška, Šuška,* was machst du? Komm zurück! Als Großmutter mich hört, verbietet sie mir, das Wort *Šuška* auszusprechen, denn *Šuška* sei verwandt mit dem Wort für mein Geschlechtsteil. Danach schäme ich mich schrecklich, drücke den Ball an die Lippen, aber flüstere weiter: *Šuška, Šuška.* Einen anderen Namen kann ich ihm nicht geben, *Šuška* ist schon mit dem Ball verwachsen wie mein Geschlechtsteil mit Zotteln. Als Mutter an mir frische Büschel sieht, klatscht sie vor Freude, lacht und lacht. Bist du schon verliebt, fragt sie. Ich schweige und sie ermuntert mich, ihr alles zu erzählen. Hinter dem Meer sei die Mutter die Freundin ihrer Tochter und beide haben keine Geheimnisse voreinander. Das findet Mama fortschrittlich. Doch ich will nicht meine Mutter an eine Freundin verlieren. Freundinnen gibt es viele, aber Mama gibt es nur einmal. Wenn sie mich mit Fragen bedrängt und mitleidsvoll anschaut, dass ihre Tochter kein Liebesgeplänkel zu erzählen hat, erfinde ich eine spannende Geschichte – ein Junge lädt mich ins Kino ein und flüstert mir im Dunkeln zu, ich sei schön zum Beispiel. Danach ist Mama eine ganze Weile zufrieden, zwinkert mir tagsüber zu und fragt verschwörerisch: Gehst du ins Kino? Wäre sie bloß da, ich würde mich bemühen, mir bessere Geschichten auszudenken.

Das Wichtigste für die Frau ist, Sexappeal zu haben. Sexappeal ist etwas, was die Frau weder erwerben noch abschauen noch kaufen kann. Sexappeal kann der Frau auch nicht anerzogen werden. Sexappeal hat die Frau oder nicht. Basta, so ist das, sagt Mutter. Eine Frau ohne Sexappeal ist schlimm dran, sie ist überhaupt keine Frau. Mutter hat Gott sei Dank viel Sexappeal und sie sorgt sich um mich, ob ich ihn jemals kriegen würde. Seitdem sorge ich mich auch. Ich weiß nicht, wie Sexappeal aussieht, wie sich Sexappeal anfühlt, wo sich Sexappeal aufhält. Für dieses Fremdwort haben wir keine Übersetzung. Es sind die männlichen Blicke, die uns verraten, ob wir Sexappeal besitzen. Männer lieben angeblich Sexappeal über alles. Dann können wir ihnen die Köpfe verdrehen, dank Sexappeal über sie herrschen. Mit Sexappeal werden bei uns Männer seit Urururzeiten überlistet wie Fliegen mit klebrigem Band. Ohne die Liebe der Männer sind wir niemand, eine faule Zwetschge, basta. Stirnrunzeln ist dem Sexappeal abträglich, auch den Bauch schwabbeln zu lassen, wie es ihm beliebt. Ich werde ermahnt, die Stirn glatt und gedankenfrei zu halten und den Bauch einzuziehen.

Kommt ein Ingenieur, fängt Mama an zu hecheln, ihre Brust wippt auf und ab. Eine Frau mit Sexappeal ist wie ein gehetztes Reh, das durch den Wald rennt, wie auf dem Ölgemälde in unserem Hausflur. Die Frau soll die Jäger reizen, ihnen aber nicht erliegen, sagt sie. Erliegen heißt, den dummen Fehler zu begehen und zu lieben, und Mama dehnt das Wort lieben höhnisch in die Länge. Eine kluge Frau liebe die Männer nicht, sie weiß, dass sie eine andere Art sind, mit ihnen können wir nie befreundet sein. Kameradin Lehrerin wiederum sagt, eine fortschrittliche Frau lebt in Freundschaft mit ihrem proletarischen Mann zusammen, er ist aber ihr zweiter Mann, denn ihr erster Mann ist die Arbeit. Mutter spottet, unsere Lehrerin habe keinen Sexappeal, daher erzähle sie solche Märchen.

Wenn Mutter mit eingezogenem Bauch und glatter Stirn mit den menschenunähnlichen Geschöpfen Spielchen treibt, will ich es auch lernen, muss ich es lernen. Ich strecke den Hintern heraus, räkle mich, lege den Kopf auf die Seite und die verschwommenen männlichen Blicke, die mich streifen, sind der Lohn. Sie sind komisch und widerlich. Sogar Vater schaut mich dann so an und mein Körper zieht sich krampfhaft zusammen, läutet Gefahr und vertreibt mich aus seiner Mitte. Die begehrlichen Blicke rings um mich sind Gitterstäbe, die sich in die Haut eindrücken, und mein einziger, geschenkter Körper gehört nicht mehr mir, er gehört jenen, die ihn wollen. Wenn ich alleine im Wald bin, fürchte ich, dass ein Mann hinter dem Busch hervorkommt, korpulent, alt, unrasiert. Er stinkt nach Schnaps und schaut mich mit schmachtenden Augen an. Er reißt mich an sich und spaltet mich für immer, als wäre ich ein Stück Holz vor seinem Haus. Dieser Mann lebt auch in meinen Träumen, er taucht überall dort auf, wo es einsam ist. Der Mann ist kein Mensch und ich bin dabei, eine Frau zu werden.

Mutter erwartet vom Mann, dass er beim Anblick ihres Sexappeals schwach wird und ihr Komplimente stammelt. Beachtet ein Mann ausnahmsweise nicht ihre Reize, gerät sie in Panik, meint, mit ihrem Aussehen stimme etwas nicht. Sie errötet, richtet mit hastigen Gesten die Haare, biegt sich in der Taille hin und her, als bliese ein starker Wind, dabei ist totale Windstille und das männliche Gegenüber redet mit ihr, als wäre sie ein Mensch. Doch Mama weiß nicht, wie sie sich als Mensch verhalten soll, und solch einen Gesprächspartner findet sie langweilig. Vater meint ebenfalls, dass alle Männer in Entzückung geraten müssten, wenn er ihnen Mama vorstellt: Hier, meine Frau, sagt er glückselig und lacht wie sonst nie. Mutter ist es peinlich, sie schimpft ihn dann aus, sie sei keine Stute, die man vorführe und erwarte, dass alle auf den Hintern fallen sollten. Wenn Vater mich vorstellt, wird seine Stimme praktisch, als ob er sagen wollte: Hier ist noch unser Besen.

Vater macht unverheirateten und verheirateten Frauen Komplimente: Oh, welche Figur, welche Wucht! Es gehört sich bei uns für einen richtigen Mann so zu tun, als sei er ein hoffnungsloser Schürzenjäger. Vater springt auf, als würde ihn jedes fremde weibliche Wesen überwältigen, schenkt ein Glas Wein ein und stöhnt: Oh je, oh je, und zündet der Frau die Zigarette an. Der Mann ist für das kleine Feuer zuständig, um das große Feuer im Ofen darf sich Großmutter kümmern. Mit einer Frau führt ein normaler Mann kein normales Gespräch, bespricht weder die Wetterlage noch die Erfolge der Proletarier, sondern balzt und balzt, auch wenn er vom Brückenbauen todmüde ist und sich am liebsten zu Hause einnähen möchte, wie man den Rückzug zum gemütlichen Witzblattlesen nennt. Nur die eigene Ehefrau ist von dieser Regel ausgenommen. Obwohl Vater in Mama sichtbar verliebt ist, schmeichelt er ihr nicht, sondern spottet über ihren grünen Hut, ihre Strickideen und die Pläne, ein Loch in die Welt zu schlagen. Das muss so sein. Das Lob des eigenes Mannes steigt dem schwachen und schönen Geschlecht in den Kopf und die geschmeichelte Frau wird herrschsüchtig, sagt Großmutter. Bei uns funktioniert diese Weisheit nicht. Mutter behält auch ohne Vaters Schmeicheleien Oberwasser.

Mutter und Vater fahren nicht im selben Boot, lassen sich nicht schaukeln von einer gekräuselten Oberfläche. Wenn Mutter und Vater aufeinander treffen, wütet der Sturm, entfacht sich das Gerangel darum, wer unten und wer oben bleibt. Wer Muskeln hat, sei stark, wer sie nicht hat, sei schön. Mama hat wenig Muskeln und doch ist sie stark und schön zugleich. Schönheit hat ihren Preis, sagt sie. Wenn sie ihre Stöckelschuhe auszieht und die Füße massiert, weiß ich, was sie meint. Die Zehen drücken sich ängstlich übereinander und die Fußwölbung ist tief, so dass Mama barfuß wie ein Storch auftritt. Ich gehe am liebsten barfuß und man schimpft mich aus, wir seien keine Urmenschen, wir besäßen Pantoffeln. Wenn Mutter in Stöckelschuhen durch die Straßen geht, geht sie nicht durch die Straßen, sie trägt ihren Sexappeal auf dem Laufsteg zur Schau. Jetzt ist unsere Stadt eintönig geworden ohne ihre Modenschau. Ich kann noch ein paar Jahre unbemerkt durch die Straßen gehen, in den Schnürschuhen, mit Stirnfalten und einem flachen Brustkorb, wie eine Partisanin in Tarnuniform. Doch schon legt der Bruder seine Pfoten auf meine Brust und kontrolliert, ob sie sich hebt. Auch unser Turnlehrer berührt uns dort, wo das große Weibliche wachsen soll. Wir lassen es verstört geschehen und staunen über sein Gestammel und den roten Kopf. Im Park hinter den Büschen lässt ein Mann die Hose runter und zeigt uns etwas, was uns nicht interessiert. Wenn wir johlend wegrennen, ist er enttäuscht.

Großmutter erzählt mir von ihrer Hochzeitsnacht. Sie sei dermaßen keusch gewesen, dass Großvater, wie stark er auch war, immerhin ein ehemaliger Offizier, es nicht schaffte, in sie einzudringen. Dabei presst sie die Lippen zusammen, die ein Strich des Stolzes werden. Es gebe aber Frauen, die seien nicht standhaft und verschließen den Schoß nicht, sie geben sich den Sekunden der Wonne hin und blieben dann ein Leben lang unehrenhaft. Wenn Großmutter das Wort Wonne ausspricht, kitzelt sie die Wonne im Mund und sie muss sie ausspucken. Da sie mir die Lektionen des Lebens in der Küche erteilt, spuckt sie auf den Küchentisch und zerreibt die Wonne mit dem Ellbogen, bis die rote Tischplatte glänzt. Dann schneidet sie Karotten darauf und erzählt von ihren acht Schwestern, die alle geheiratet haben, keine einzige versauerte zu Essig, so nennt man die unglückliche Mannlosigkeit, alle durften eine Hochzeitsnacht erleben. So eine geachtete Familie seien sie gewesen.

Großmutter will die Männer weder mit Zotteln noch mit anderen weiblichen Merkmalen verführen, sondern sich ihrer Autorität fügen, wo immer sie diese auch findet, am liebsten auf Chefposten, empört sich Mutter. Großmutter verehrt das machtvolle Männliche, verehrt ihren seligen, strengen Vater und gerät in einen Rausch, wenn sie meinem Bruder mit glänzenden Augen eine glänzende Karriere voraussagt. Er soll sich die Hände nicht mit Frauenarbeit schmutzig machen, er brauche seine Hände später rein und weich, als Chefchirurg. Wenn ich mich an sie schmiege, um etwas von dem brüderlichen Glanz abzubekommen, schenkt sie mir zum Trost einen Mann mit Händen wie Pranken.

Es gibt eine besondere Art von Menschen, man erkennt sie daran, dass sie nicht normal denken und handeln, sagt Mutter und verrät mir, dass sie früher mit einem solchen Mann verlobt war. Sie dachte sogar an Heirat, denn er war schön, doch alles scheiterte an seiner nicht normalen Art. Mama war ihm nämlich untreu geworden und als er es erfuhr, schlug er sie nicht, machte ihr keine Vorwürfe, stellte seine Männlichkeit nicht mit Eifersucht unter Beweis, sondern sagte sanft, er verstehe es und verzeihe ihr. Mutter war von seiner Feigheit am Boden zerstört und lachte sich unseren Vater an, der ihr überall nachspioniert, sich wie ein Kerl benimmt. Manchmal hat sie Sehnsucht nach jener nicht normalen Menschenart, die sie Künstler nennt.

In der Bibliothek gibt es wenig Jugendbücher, ich lese weiter Märchen über Märchen, schaue mir farbig gemalte Prinzessinnen an und will, dass ein Prinz vorbeifährt, mich am Fenster erblickt, dem Kutscher anzuhalten befiehlt, um mich, die größte Schönheit, zur Frau zu nehmen. Mutter sagt, es gebe nur noch wenige Prinzen auf der Welt und ihre vorbestimmten Bahnen führten nicht durch unser Städtchen. Und falls ich die Adlernase vom Großvater erben sollte, muss man in der Hauptstadt den Höcker abschleifen, erst dann darf ich einem Prinzen unter die Augen treten. Ich renne jeden Morgen zum Spiegel, gespannt, ob die Schönheit schon da sei, im Schlaf über mich gekommen. Gedulde dich, die Schönheit wird zu dir kommen, natürlich wird sie kommen, zu meiner allerliebsten Tochter, tröstete mich Mutter. Aber beide sind nicht da, weder die Schönheit noch Mama. Und alle reden von der Sexualität. Sie soll gesund sein.

Das Geheimnis der Genitalien und ihrer gegenseitigen Durchmischung regle das Erwachsenenleben genauso wie den Blutkreislauf und ich würde es später entschlüsseln, erzählen die Erwachsenen, nur Großmutter hält nichts davon und liebt den Pfarrer in der Kapelle nebenan. Ich wage nicht daran zu denken, ob er unter der schwarzen Soutane auch ein Mann ist. Wenn er von der Liebe zu Gott spricht, ist es für die Großmutter, als würde er ihr Komplimente machen und sie streicheln. Dann kommt sie aufgeregt nach Hause, erzählt von seiner tiefen Stimme und den gewählten Worten, Gott selbst erscheint ihr im blassen Gesicht des jungen, geweihten Mannes vom Land. Da sie keine Freundin hat, bin ich bei ihr, helfe ihr, die Liebe zu tragen, höre ihr zu und nicke, und sie verhaspelt sich, bekreuzigt sich, fürchtet, jemand könnte sie hören.

Unsere Jungen greifen schon nach uns. Lässt sich ein Mädchen anfassen und verteilt nicht gleich Ohrfeigen, sondern lacht, dann fällt sie in den Augen der ganzen Schule und ist von da an ein gefallenes Mädchen, abgegriffen und wertlos. Der Bruder wacht darüber, dass ich nicht falle, und traktiert mich mit Fußtritten. Das soll gegen den Fall und die Griffe anderer helfen. Vor jemandem, der mich anfasst, brüstet er sich: Das ist meine Schwester, sie gefällt dir, was? Und er gibt mir einen Klaps auf den Hintern. Das hat er vom Vater gelernt, der damit anfing, nachdem Mutter ins Gefängnis gekommen war. Gehe ich am Vater oder am Bruder vorbei, bekomme ich einen Klaps auf den Hintern. Wie ich auch fauche, es nützt nichts, die Antwort ist bloß lautes Gelächter. Männer der eigenen Familie dürfen zugreifen, das sieht niemand, Großmutter schaut weg. Ist nicht das Ziel aller weiblichen Bestrebungen, dem männlichen Geschlecht zu gefallen? Doch kaum ist es halbwegs erreicht, zeigt sich, dass es ein schlechtes Ziel ist.

Unsere Sprache ist luftig und leichtfüßig, stets in Bewegung wie ich, denn sie besteht vor allem aus Verben. Sie geht neben mir her, wir halten uns an der Hand wie Freundinnen und reden und reden und zotteln herum. Sie ist auch meine weich gepolsterte Höhle, sie ist für mich da, seit Ururzeiten, und ich strecke mich darin aus. Nur drei Wörter will ich mir nicht aneignen, Proletarierkinder malen sie an die Mauern und stoßen sie zischend aus sich heraus, und ihr Klang und ihre Bedeutung tun mir weh. Die drei Wörter sagt man in Wut, sagt man aus Gewohnheit, aus jedem beliebigen Anlass, sinnentfremdet, mit den drei groben Wörtern, die aus den beiden Geschlechtsteilen und dem Verb, das sie vereint, bestehen, reißt man mir die Kleider herunter und zwingt mich zu einer Hochzeitsnacht, hundert Mal am Tag. Mit den drei Wörtern verrät mich unsere Sprache und ich will aus ihr emigrieren, in eine unbeschwerte fremde Sprache, in der das Wort und das Ding nicht aneinander kleben, in der das Wort mich von der Kindheit befreit.

MITTEN IM FRÜHLING verkündet Kameradin Lehrerin, der verstorbene Vater aller Bruderländer habe auf seinem richtigen Weg ein paar Fehler gemacht. Ich erschrecke: Wie denn Fehler? Wir haben immer gelernt, dass er fehlerlos war. Kameradin Lehrerin liest die Nachricht feierlich vom Blatt ab. Wer hat ihr das Blatt gegeben, wer verbreitet solche Provokationen? Wird jetzt unser schönes Leben voller Fehler sein? Wenn unser aller Vorbild nicht vollkommen ist, wie sollen wir die vollkommene Zukunft vorbereiten? Wir wissen, sagt Kameradin Lehrerin, die Revolution ist wie das Abholzen, Späne fliegen umher, damit muss bei Revolutionen gerechnet werden, doch der gütige, große Vater war unnötig grausam, zu viele Späne flogen umher. Und da kommt es noch schlimmer, wir erfahren, dass das Poem vom Sturmvogel nicht das beste Werk seines Autors sei. Die kleinen ängstlichen Vögel haben angeblich auch ein Recht auf der Erde zu sein, genauso wie die lauten und großen. Und der Verfasser, liest Kameradin Lehrerin weiter vom Blatt ab, habe in seinem Leben etliche Fehler gemacht. Und da schweigt sie und sagt nicht streng wie sonst, der Fehlerhafte müsse dafür büßen und wir sollen ihn aus unseren Herzen verbannen.

Später stellt sich Gustko aus der Parallelklasse breitbeinig vor mich hin und brüllt: Kamerad Revolutionsführer ist …! Und er benützt eines der drei entsetzlichen Wörter. Alles in mir schreit: Nein, Kamerad Revolutionsführer ist nicht …! Aber der ekelhafte Gustko wiederholt es sadistisch und grinst. Zu meinem eigenen Staunen legt sich der Schmerz bald und Gustko erscheint mir unerreichbar frei. Etwas geschieht bei uns, Fehler setzen sich in Bewegung, dringen in unsere Stadt ein, doch weder marschieren sie im Gleichschritt noch rattern sie wie die Motorräder im Viertel umher, sondern spazieren gemächlich zu zweit, zu dritt, plaudern und lachen leise, und ich schaue ihnen auf ein Kissen gestützt vom Fenster aus zu. Noch fürchte ich zu ihnen hinunterzugehen, noch liebe ich meine Träume der Vollkommenheit.

Als ich an einem heißen Sommertag von der Schule nach Hause komme, steht Mama vor dem Spiegel, färbt ihren Mund rot, hat rotes, gewelltes Haar, ein braungebranntes Gesicht und ein blumiges Sommerkleid. Noch nie war sie so schön und auch so fremd. Ich bleibe in der Tür stehen, von einer plötzlichen Verliebtheit getroffen, und als sie mich umarmt, lachend abküsst, immer wieder an sich drückt, ist mein Körper erstarrt, voller Angst, sich ihrem Duft auszuliefern, der mir ein Jahr lang so gefehlt hat. Ich frage sie nicht, wo sie war und wie es ihr erging. Auch sie erzählt nichts, sie ist einfach wieder da, bewegt sich geschmeidig durchs Haus und summt. Ich renne nicht in den Hof, um es den Hofkindern zu berichten, ich stehe still da wie damals im Schulhof. Seitdem Mutter zurück ist, ist etwas mit mir geschehen. Ich glaube an Wunder. Meine Mutter kam aus einer dunklen Zelle tausendmal schöner und fröhlicher zurück. Das dunkle Loch, in dem sie verschwunden war, hat sie ins Licht getaucht. Es gibt

Dunkel und Hell, Gut und Böse, Pole, die sich ins Gegenteil verwandeln. Seit Mama zurück ist, warte ich bei dunklen Geschichten gespannt auf ihre helle Auflösung. Das hereinbrechende Unglück ist bloß die Vorstufe eines großen Glücks, das nach Mutter und Sommer riecht. Ich begrüße das Schreckliche, es ist dazu da, das Schöne noch schöner zu machen.

Der Granatsplitter im Oberschenkel fängt an, sich zu drehen, der Fetthügel entzündet sich, und als der Schmerz am größten wird, durchbricht der Splitter die Haut und ich ziehe ihn leicht heraus.

Franziska zu Reventlow

Ach, das liebe Geld!

Roman – meinen Gläubigern zugeeignet
blue notes 15, 112 Seiten, Halbleinen
ISBN 978-3-934703-48-3

Um sich von ihrem Geldkomplex heilen zu lassen und auf eine in Aussicht stehende Erbschaft zu warten, begibt sich die Ich-Erzählerin in ein teures Sanatorium. Dort begegnen ihr die verschiedensten Gestalten: Bankrotteure, Spekulanten, versoffene Adelige, spleenige Witwen – kurz: eine ganze Entourage aus gescheiterten Existenzen, die sich gleichfalls durchs Leben mogeln. Zusammen schmiedet man die verwegendsten Pläne. Doch wie das Leben so spielt …

Eine groteske Geschichte, die ihr Vorbild im wirklichen Leben von Franziska zu Reventlow hatte. Franziska Gräfin zu Reventlow (1871 – 1918), ein Glanzlicht der Münchner Bohème, litt zeit ihres Lebens unter Geldnot. Ihre norddeutsche konservative Familie hatte sie wegen ihres ausschweifenden Lebenswandels verstoßen, so dass sie sich ihren Lebensunterhalt notdürftig als Übersetzerin, Malerin, Sängerin, Schauspielerin und Schriftstellerin verdienen musste. Selbstironisch kommentiert sie im vorliegenden Buch ihre Versuche, aus ihren fi nanziellen Kalamitäten herauszukommen, und widmet diesen kleinen, höchst amüsanten Roman ihren Gläubigern.

MFK Fisher

Köstliche Jahre

Eine Amerikanerin im Herzen Burgunds
Aus dem Amerikanischen von Egbert Hörmann
Deutsche Erstausgabe
204 Seiten, Abbildungen, gebunden mit SU
ISBN 978-3-938740-56-9

Köstliche Jahre – MFK Fisher hat sie als junge, frisch verheiratete Frau in Dijon verlebt, als sie 1929 mit ihrem Mann nach Frankreich kam. In den Bars und Cafés der Stadt und an der reich gedeckten Tafel ihrer einfachen Herberge entfaltet sich ihr eine völlig neue Welt der guten Weine, vorzüglichen Käse und feinsten Patisserie. Das tägliche, gemeinsam mit den anderen Gästen des Hauses eingenommene Abendessen wird bald zur geliebten Tradition. Und die Wunder der französischen Küche trösten sie über die ersten Enttäuschungen ihrer Ehe, über Entbehrungen und Fremdheit hinweg.

Mit feiner Nase, genüsslichem Gaumen und vitaler Feder hält MFK Fisher amüsant und bildreich die Lebensweisen und kulinarischen Besonderheiten des Landes fest. Um in dieser Zeit das typische Frankreich zu beschreiben, konnte die Wahl auf Dijon kaum besser ausfallen. Versteckt zwischen Weinbergen, abseits der Hauptstraßen und der Großstadt Paris, bewahrte sich die alte Hauptstadt des Burgund ihren unverfälschten Charme. Hier, im gastronomischen Zentrum Frankreichs, lernt die Amerikanerin, dass die französische (Ess)kultur noch mehr bedeutet als kulinarischen Genuss, nämlich: Liebe, Lust und *savoir-vivre.*

Bibliografische Information der Deutschen Nationalbibliothek
Die Deutsche Nationalbibliothek verzeichnet diese Publikation in der Deutschen Nationalbibliografie; detaillierte bibliografische Daten sind im Internet über http://dnb.d-nb.de abrufbar.

1. Auflage 2008

Horstweg 34, 14059 Berlin
www.edition-ebersbach.de

Satz und Umschlaggestaltung: Birgit Cirksena, Berlin
Foto der Hennen: © Vladimir Formanek, Bratislawa
Druck und Bindung: Elbe Druckerei Wittenberg GmbH
ISBN 978-3-938740-72-9